U0574480

动和静的风

汪曾祺—著

WUHAN UNIVERSITY PRESS
武汉大学出版社

图书在版编目（CIP）数据

动和静的风 / 汪曾祺著 . — 武汉：武汉大学出版社，2021.9
（2021.11 重印）
ISBN 978-7-307-22533-6

Ⅰ . 动…　Ⅱ . 汪…　Ⅲ . 短篇小说—作品集—中国—当代
Ⅳ . I247.7

中国版本图书馆 CIP 数据核字 (2021) 第 169888 号

责任编辑：黄朝昉　　责任校对：牟　丹　　版式设计：中北传媒

出版发行：**武汉大学出版社**（430072　武昌　珞珈山）
　　　　　（电子邮箱：cbs22@whu.edu.cn　网址：www.wdp.com.cn）
印刷：三河市华东印刷有限公司
开本：880×1230　1/32　　印张：7　字数：116 千字
版次：2021 年 9 月第 1 版　　2021 年 11 月第 2 次印刷
ISBN 978-7-307-22533-6　　定价：38.00 元

编 者 序

  汪曾祺，当代著名作家、散文集、小说家。1920 年出生在江苏高邮县的一个书香门第的家庭，大学就读于西南联合大学文学系，师从著名作家沈从文。

  汪老的语言精练，富有乐趣。他写民风民俗，写草木风景、小动物、四方美食，文字充满童真童趣，能使孩子对生活、对大自然、对传统文化产生热爱之情；他写西南联大师生的艰苦求学生活，能激发孩子珍惜时间，努力学习，奋发向上。他的小说大多写的是普通人。他从普通人身上发现诗意，发现人性美、人情美，对普通人充满欣赏、赞美、尊重、关心和同情。他和家人、好友、作家等人的珍贵信件，平淡真挚、率性可爱。这些内容能让孩子们感受到人性的良善与生活的美好。

  读汪老的文字，能让孩子学习汪老独具"中国味儿"的语言，体会母语的美，并提升人文素养，浸润出一颗善感、善良、温情、热爱生活的向上之心。

  我们历时近两年，对汪老的作品进行了仔细地甄选编辑，推出了这套书（6 册）：散文集《愿少年，乘风破浪》《更随流水到天涯》《东看看西看看》，小说集《故乡的鸟呵》《动和静的风》，书信集《书简传情》。分别包含 6 个主题：求学成长篇、花鸟旅食篇、风俗人文篇、传统美德篇、市井生活篇、书信寄意篇。选篇中既有经久流传的经典篇目，也包含不少入选语文教材和阅读理解题的篇目。

希望这 6 本书在孩子们的成长中种下美好的种子，懂得如何求学，如何看待生活，如何感知世间的美好，如何怀有一颗真诚和温暖的心去面对人生中的不确定。希望这些种子终有一天会在孩子的成长过程中发芽并给孩子们以力量。

由于选文时间跨度较大，一些字词和文法与现在的规范多有出入，我们参校多版本，尽可能保持选文的原汁原味。如 1949 年前的作品，保留"甚么"；方言、象声词（如丁丁当当）、外国人名、地名（如加尔各达）保留原译法。异体字若是作者的习惯用法，且已得到普遍认可的，予以保留，如异秉（现应为异禀）。针对一些对作者文风影响不大的词，已参照现行规范对其修改，如"包谷"改为"苞谷"，"帐单"改为"账单"等。全书中，"做、作、的、地"，统一按现代汉语规范修改。

"品读名家经典，打下人生的精神底色，滋养孩子们的心灵！"
是策划出版这套书的初衷！

编辑部
2021 年初春于北京

目录

谋生的职业

职　业　3

白松糖浆　11

异　秉　19

卖眼镜的宝应人　38

落　魄　47

小学同学　64

市井冷暖

榆　树　79

陈泥鳅　88

捡烂纸的老头　93

安乐居　97

卖蚯蚓的人　114

子孙万代　123

小人物的逸事

复　仇——给一个孩子讲的故事　131

鸡　毛　140

要　账　155

抽象的杠杆定律　159

八千岁　165

婚嫁

翠　子　191

晚饭花　201

谋生的职业

职业

文林街一年四季，从早到晚，有各种吆喝叫卖的声音。街上的居民铺户、大人小孩、大学生、中学生、小学生、小教堂的牧师，和这些叫卖的人自己，都听得很熟了。

"有旧衣烂衫找来卖！"

我一辈子也没有听见过这么脆的嗓子，就像一个牙口极好的人咬着一个脆萝卜似的。这是一个中年的女人，专收旧衣烂衫。她这一声真能喝得千门万户开，声音很高，拉得很长，一口气。她把"有"字切成了"一——尤"，破空而来，传得很远（她的声音能传半条街）。"旧衣烂衫"稍稍延长，"卖"字有余不尽：

"一——尤旧衣烂衫……找来卖……"

"有人买贵州遵义板桥的化风丹……?"

我从此人的吆喝中知道了一个一般地理书上所不载的地名：板桥，而且永远也忘不了，因为我每天要听好几次。板桥大概是一个镇吧，想来还不小。不过它之出名可能就因为出一种叫化风丹的东西。化风丹大概是一种药吧？这药是治什么病的？我无端地觉得这大概是治小儿惊风的。昆明这地方一年能销多少化风丹？我好像只看见这人走来走去，吆喝着，没有见有人买过他的化风丹。当然会有人买的，否则他吆喝干什么。这位贵州老乡，你想必是板桥的人了，你为什么总在昆明待着呢？你有时也回老家看看么？

黄昏以后，直至夜深，就有一个极其低沉苍老的声音，很悲凉地喊着：

"壁虱药！虼蚤药！"

壁虱即臭虫。昆明的跳蚤也是真多。他这时候出来吆卖是有道理的。白天大家都忙着，不到快挨咬，或已经挨咬的时候，想不起买壁虱药、虼蚤药。

有时有苗族的少女卖杨梅、卖玉麦粑粑。

"卖杨梅——！"

"玉麦粑粑——！"

她们都是苗家打扮，戴一个绣花小帽子，头发梳得光光

的，衣服干干净净的，都长得很秀气。她们卖的杨梅很大，颜色红得发黑，叫作"火炭梅"，放在竹篮里，下面衬着新鲜的绿叶。玉麦粑粑是嫩玉米磨制成的粑粑（昆明人叫玉米为苞谷，苗人叫玉麦），下一点盐，蒸熟（蒸出后粑粑上还明显地保留着拍制时的手指印痕），包在玉米的嫩皮里，味道清香清香的。这些苗族女孩子把山里的夏天和初秋带到了昆明的街头了。

…………

在这些耳熟的叫卖声中，还有一种，是：

"椒盐饼子西洋糕！"

椒盐饼子，名副其实：发面饼，里面和了一点椒盐，一边稍厚，一边稍薄，形状像一把老式的木梳，是在铛上烙出来的，有一点油性，颜色黄黄的。西洋糕即发糕，米面蒸成，状如莲蓬，大小亦如之，有一点淡淡的甜味。放的是糖精，不是糖。这东西和"西洋"可以说是毫无瓜葛，不知道何以命名曰"西洋糕"。这两种食品都不怎么诱人。淡而无味，虚泡不实。买椒盐饼子的多半是老头，他们穿着土布衣裳，喝着大叶清茶，抽金堂叶子烟，泛览周王传，流观山海图，一边嚼着这种古式的点心，自得其乐。西洋糕则多是老太太叫

住，买给她的小孙子吃。这玩意好消化，不伤人，下肚没多
少东西。当然也有其他的人买了充饥，比如拉车的，赶马的
马锅头^①，在茶馆里打扬琴说书的瞎子……

卖椒盐饼子西洋糕的是一个孩子。他斜挎着一个腰圆形
的扁浅木盆，饼子和糕分别放在木盆两侧，上面盖一层白布，
白布上放一饼一糕作为幌子，从早到晚，穿街过巷，吆喝着：

"椒盐饼子西洋糕！"

这孩子也就是十一二岁，如果上学，该是小学五六年级。
但是他没有上过学。

我从侧面约略知道这孩子的身世。非常简单。他是个孤
儿，父亲死得早。母亲给人家洗衣服。他还有个外婆，在大
西门外摆一个茶摊卖茶，卖葵花子，他外婆还会给人刮痧、
放血、拔罐子，这也能得一点钱。他长大了，得自己挣饭吃。
母亲托人求了糕点铺的杨老板，他就做了糕点铺的小伙计。
晚上发面，天一亮就起来烧火，帮师傅蒸糕、打饼，白天挎
着木盆去卖。

"椒盐饼子西洋糕！"

---

① 马锅头指率领马帮的人。

这孩子是个小大人！他非常尽职，毫不贪玩。遇有唱花灯的、耍猴的、耍木脑壳戏的，他从不挤进人群去看，只是找一个有阴凉、引人注意的地方站着，高声吆喝：

"椒盐饼子西洋糕！"

每天下午，在华山西路、逼死坡前要过龙云的马。这些马每天由马夫牵到郊外去遛，放了青，饮了水，再牵回来。他每天都是这时经过逼死坡（据说这是明建文帝被逼死的地方），他很爱看这些马。黑马、青马、枣红马。有一匹白马，真是一条龙，高腿狭面，长腰秀颈，雪白雪白。它总不好好走路。马夫拽着它的嚼子，它总是骎骎骧骧的。钉了蹄铁的马蹄踏在石板上，郭答郭答。他站在路边看不厌，但是他没有忘记吆喝：

"椒盐饼子西洋糕！"

饼子和糕卖给谁呢？卖给这些马吗？

他吆喝得很好听，有腔有调。若是谱出来，就是：

```
| # 5 5 6-- | 5 3 2̂ --‖
  椒盐饼子  西洋糕
```

放了学的孩子（他们背着书包），也觉得他吆喝得好听，爱学他。但是他们把字眼改了，变成了：

｜# $\underline{5}$ $\underline{5}$ 6-- ｜ $\underline{5}$ $\underline{3}$ 2 --‖
捏着鼻子——吹洋号

昆明人读"饼"字不走鼻音，"饼子"和"鼻子"很相近。他在前面吆喝，孩子们在他身后模仿：

"捏着鼻子吹洋号！"

这又不含什么恶意，他并不发急生气，爱学就学吧。这些上学的孩子比卖糕饼的孩子要小两三岁，他们大都吃过他的椒盐饼子西洋糕。他们长大了，还会想起这个"捏着鼻子吹洋号"，俨然这就是卖糕饼的小大人的名字。

这一天，上午十一点钟光景，我在一条巷子里看见他在前面走。这是一条很长的、僻静的巷子。穿过这条巷子，便是城墙，往左一拐，不远就是大西门了。我知道今天是他外婆的生日，他是上外婆家吃饭去的（外婆大概炖了肉）。他妈已经先去了。他跟杨老板请了几个小时的假，把卖剩的糕饼交回到柜上，才去。虽然只是背影，但看得出他新剃了头（这孩子长得不难看，大眼睛，样子挺聪明），换了一身干净衣裳。我第一次看到这孩子没有挎着浅盆，散着手走着，觉得很新鲜。他高高兴兴，大摇大摆地走着。忽然回过头来看看。他看到巷子里没人（他没有看见我，我去看一个朋友，

正在倚门站着），忽然大声地、清清楚楚地吆喝了一声：

"捏着鼻子吹洋号！……"

（这是三十多年前在昆明写过的一篇旧作，原稿已失去。前年和去年都改写过，这一次是第三次重写了。一九八二年六月二十九日记）

白松糖浆

　　船开了，离岸已有一截子路。想下去的无法再下去，要上来的也上不来，岸边人看着船，船上人都已找到地方坐定了。人并不太多，空处尽有，不过半个多钟头即到对岸，随便哪里都行，又不是坐一辈子；常来常往的，谁说得出这船上最好的椅子是哪一张，只要没有别的原因，对于自己所占坐处都很容易满足。茶房沏茶水，打手巾，小贩叫卖吃喝，人一安定，他们开始活动起来。——进来了一个孩子。

　　他一身青布学生装，一顶学生常戴的军帽，青布的，不脏，也不是顶干净，大概是一星期前新洗的，但收拾得极见细心爱惜，每天晚上脱下时都好好地摺起挂好，绝不是随便往椅子上一团或顺手一摺盖在脚头被上。显然这是他最好的一件衣裳，他的一点荣光，他的财产，他的"资格"。帽舌

子当然没有折断，戴得很正，比普通孩子戴得稍高一点，不扣在额头上。帽子不大挺括，好像淋过一场雨，这两天天阴，今天才放太阳。他大概……十三四岁，——不像——十六……，不，只有十三四岁！他发育得还正常，身材不高也不矮。只是样子早熟，他走进舱来的几步绝不像个十三四岁的孩子，不怯也不野，老老到到，沉沉稳稳，仿佛颇能独立，很有主意，然而实在毕竟还是个孩子，稍一注意就知道那点早熟的皮层实在很微薄，轻轻不费事即可揭去，一个孩子，一个小学六年级或者初中一二年级的太守规矩，太世故一点的好学生，一个小道学家，并不是没有调皮淘气的时候，但明白得失利害，不致闯祸犯法。若在学校里，同学多半不大会喜欢他的，也许受先生的暗示而不得不对他表示一分敬重；但先生自己尽管表面奖励，心里未尝不想他把真的一面拿出来，只是先生似乎不可以劝学生调皮淘气！幸亏有这点调皮淘气处，也许他才不致孤单离索罢。他眉目颇清秀，浅浅一个酒窝。——他进来了，走到舱中那根柱子前头，在放茶壶的那条长桌上放下皮箱，（似乎这根柱子，这张桌子给他一点依傍，让他不悬在空中似的，）站定了，鞠了一个躬，用一种虚伪做作的，文明戏式的，有腔有调，然而孩子的声音，高声朗诵起来：

"各位，我们中国人，最爱咳嗽。中国人体质衰弱，营养不良，动辄容易咳嗽吐痰。中山先生说，随便吐痰是我国人的不良习惯。吐痰固然是不良习惯，咳嗽也有伤身体，如若一时不治，难免养病成灾，影响气管肺脏，在在都极其危险可畏。咳嗽有好多种。有新咳；有老咳。有伤风外感；有五劳七伤。有干咳；有痰咳。有吐白痰；有吐黄痰。有妇人胎咳；有小儿夜咳。有五更咳；有百日咳。有年青断伤，痰中时见血丝；有老年气弱，咳时痰难吐出。有呛咳，有喘咳。……"

他说了不止五分钟，口齿十分清楚，换气，提头，顿逗呼应的地方也没有错甚么。用的是带淮安味的扬州话，有几个字是国音，阴平特别高显，入声则一律还是保留，可是那些咳嗽他多半并未见过遇过，有些字句意义他不大懂得，说起来很难动情，很难声色俱茂。他一定没有落了一句，可听起来总觉得生，腔调中如有裂缝，不是倾瓶泻水，一气呵成，不够流利。背的次数该还不顶多，也不少了，他还得老是想着背，除了一点淡漠，一点困惑，我听不出里面真的或是假的感情。就像这样，学校演说竞赛会上他可以稳稳地得个第二了，假如第一为一个圆脸大眼睛女同学拿去。在评判单上他得分最少的当是"姿势"一项，级任先生应当多教他的手

臂怎么运动，伸出去，举起来，摊开手掌，一个一个竖起指头，……他这五分钟甚至脚底下都没有移动几回，就是笔直地站着说的，这未免太僵了。——唉，怯场倒不怯场了，对着这么些人，还看不出畏缩不安，可是并不吸引人，没有那种抓住听众的力量，他不是个讲演的天才，而且嗓音太高，太窄，太直，太干，有点左。

"……现在，敝公司精制一种白松糖浆，专治各种咳嗽。白松糖浆是以纯白的松子炼制而成的糖浆，它能化痰止咳，滋补润肺。不论久咳新咳，小儿咳，妇人咳，……有病可以治病，无病可以预防。……"

于是把小皮箱打开，手里拿着一瓶，摇着，走到各人面前。

"白松糖浆在上海本公司门市部售价二万六千元，镇江药房卖三万。这是广告性质，只收回清本，无非是推广介绍，只卖两万，有哪位先生要一瓶罢？……"

"带一瓶罢，送送人也好的。"

"要罢？……"

可是怪，这船舱里竟然没有一个咳嗽的！至少这会儿没有一个人咳一声。

他还在一个一个问过去，态度彬彬有礼，熟习一切失望，都很含蓄，极其耐烦地一面摇着手中的瓶子，一面"劳驾"，"得罪"，从人前走过去。从演讲一变而为说话了，语调之中颇多了一点江湖习气，但确确实实更看出他真还是一个孩子，一个十三四岁的孩子，一个小学初中之间的学生！

当然他不单纯是为公司做广告，推销一瓶货，一定有若干好处的，公司另外还给不给报酬呢？批一批货，要不要先付一点钱？有一个什么折扣可打？他就是单在这只船上还有别的地方可去么？一天能卖多少瓶？要是一瓶也卖不出去？他趁船，不用票罢？要不要常常送船上人一点钱，或是送一瓶白松糖浆？没有病也能吃的，船上人是否因此不伤风也得咳两声？他怎么爱惜他的钱，他的货，又怎样表示大方，漂亮？要是遇到莽撞冒失人一

头碰撒了他的小皮箱呢？上公司里批货，总有些手续，得说好些话？没有问题，二万绝对不是最低的价钱，一定可以讲价的，他怎样跟人讲价，怎么察言观色，见风使舵，趁热打铁？总有许多许多麻烦他得应付的，许多许多意外逼得他要哭！自负和自卑熬炼得他长大起来。他有一身衣帽——他的新鞋，家制青布鞋，鞋底还很白！

"哎，白松糖浆，哎，纯白松子精炼所成，哎男女老幼通用，哎春夏秋冬咸宜，——"

什么时候果然进来了另外一个！一看脑袋就知道他的脚背一定很高，——高鼻梁高颧骨，高牙床，前额到后脑长极了，而左眼跟右眼距离得很近，他的屁股当然很小很小，可是声音倒是扁的，仿佛是从小腹处发出来的。

他前年或是去年过了三十岁。他一百磅左右，有时他愿意自己胖一点。他胡子碴黄黄的，那倒没有甚么关系。脸上雀斑不少，似乎没有甚么办法可治。他认得字，会写信，他很喜欢"专此奉达敬请钧安"这一句，尤其是"钧安"，很能感动人。他读过千家诗，很羡慕解学士，自己也想能做做诗，他能看报，知道马歇尔杜鲁门，DDT，原子弹。他不抽烟，可是有时肯买一包，放在口袋里，到必须时拿出来请人，联络联络，他不会跟人打架，但可能有挨当兵的或甚么粗野

人莫明其妙地打两个耳刮子的时候，他有时做梦得到一支自
来水笔并且当了保长，眼前希望得最迫切的是有一个不管甚
么样子的徽章别在身上，还有袜子后跟不要破得太大。不过
公司虽然不发徽章，他现在的这个职业仍然是可感谢的，教
他觉得屈辱的时候不比觉得矜骄的时候多。他老跟这个孩子
搭档，虽然当真遇到甚么事，他也不见得有办法，他没有能
力，也没有胆量。不过他总以为他在提挈指导着他，他非他
不可，一有机会他就训练他怎么做人，怎么处世，怎么怎么
一篇大道理。他跟孩子只是职业上的关系？——有一点亲？
像表兄弟？——堂兄弟？——都不像——是街坊？——是街
坊？——大概。——哦，他想——孩子一定有一个寡母一个
适年待字的姐姐，为他做脚上这双新鞋的姐姐，这个尖身子
扁嗓子的人一定常往他家走动，看看老伯母，逢年过节还买
一点礼物送去！看孩子面相他姐姐长得必不难看。她一点都
不喜欢他，但当真以为弟弟会受到他好处也许——究竟她会
不会嫁给他呢？

　　孩子也并不喜欢他，他有时甚至从心底觉得他讨厌，但
他还不能看清楚他，反抗他，为了自己的利益，他宁可对他
服从。也许这样的依仗是虚空的，然而一点朦胧的信任使他
自己可以更坚强些，在没有遇到打击之前。

"要罢？"

"有哪位先生要，带一瓶送送人？"

然而客人兴趣更低，他手上那个瓶子反面正面都没有人再要看一眼了，阖起两只箱子，他们走出去。虽然这也许是最后一个舱了，可是他们的样子总像是还要赶到甚么地方去，匆匆忙忙，毫不颓唐懒散。只有出门的那一会他们倒极像是息息相关，合作无间的同伴，他们用同样的，经过配演的姿势走出去甚至脚步的起落都是同时的。

一个客人，——两个，咳起来，倒不定是有病，因为要想憋着憋着，于是憋不住了。另一个伏在窗口看对岸青山的客人正抽着烟，听到咳声，忍不住一笑，往里流的烟倒呛出来，也几乎咳出声音。

异秉

　　王二是这条街的人看着他发达起来的。

　　不知从什么时候起，他就在保全堂药店廊檐下摆一个熏烧摊子。"熏烧"就是卤味。他下午来，上午在家里。

　　他家在后街濒河的高坡上，四面不挨人家。房子很旧了，碎砖墙，草顶泥地，倒是不仄逼，也很干净，夏天很凉快。一共三间。正中是堂屋，在"天地君亲师"的下面便是一具石磨。一边是厨房，也就是作坊。一边是卧房，住着王二的一家。他上无父母，嫡亲的只有四口人，一个媳妇，一儿一女。这家总是那么安静，从外面听不到什么声音。后街的人家总是吵吵闹闹的。男人揪着头发打老婆，女人拿火叉打孩子，老太婆用菜刀剁着砧板诅咒偷了她的下蛋鸡的贼。王家从来没有这些声音。他们家起得很早。天不亮王二就起来备

料，然后就烧煮。他媳妇梳好头就推磨磨豆腐。——王二的熏烧摊每天要卖出很多回卤豆腐干，这豆腐干是自家做的。磨得了豆腐，就帮王二烧火。火光照得她的圆盘脸红红的。（附近的空气里弥漫着王二家飘出的五香味。）后来王二喂了一头小毛驴，她就不用围着磨盘转了，只要把小驴牵上磨，不时往磨眼里倒半碗豆子，注一点水就行了。省出时间，好做针线。一家四口，大裁小剪，很费功夫。两个孩子，大儿子长得像妈，圆乎乎的脸，两个眼睛笑起来一道缝。小女儿像父亲，瘦长脸，眼睛挺大。儿子念了几年私塾，能记账了，就不念了。他一天就是牵了小驴去饮，放它到草地上去打滚。到大了一点，就帮父亲洗料备料做生意，放驴的差事就归了妹妹了。

　　每天下午，在上学的孩子放学，人家淘晚饭米的时候，他就来摆他的摊子。他为什么选中保全堂来摆他的摊子呢？是因为这地点好，东街西街和附近几条巷子到这里都不远；因为保全堂的廊檐宽，柜台到铺门有相当的余地；还是因为这是一家药店，药店到晚上生意就比较清淡，——很少人晚上上药铺抓药的，他摆个摊子碍不着人家的买卖，都说不清。当初还一定是请人向药店的东家说了好话，亲自登门叩谢过的。反正，有年头了。他的摊子的全副"生财"——这地方把做买卖的用具叫作"生财"，就寄放在药店店堂的后面过道里，挨墙放着，上面就是悬在二梁上的赵公元帅的神龛。这些"生财"包括两块长板，两条三条腿的高板凳，以及好几个一面装了玻璃的匣子。他把板凳支好，长板放平，玻璃匣子排开。这些玻璃匣子里装的是黑瓜子、白瓜子、盐炒豌豆、油炸豌豆、兰花豆、五香花生米。长板的一头摆开"熏烧"。"熏烧"除回卤豆腐干之外，主要是牛肉、蒲包肉和猪头肉。

这地方一般人家是不大吃牛肉的。吃，也极少红烧、清炖，只是到熏烧摊子去买。这种牛肉是五香加盐煮好，外面染了通红的红曲，一大块一大块地堆在那里。买多少，现切，放在送过来的盘子里，抓一把清蒜，浇一勺辣椒糊。蒲包肉似乎是这个县里特有的。用一个三寸来长直径寸半的蒲包，里面衬上豆腐皮，塞满了加了粉子的碎肉，封了口，拦腰用一道麻绳系紧，成一个葫芦形。煮熟以后，倒出来，也是

一个带有蒲包印迹的葫芦。切成片，很香。猪头肉则分门别类地卖，拱嘴、耳朵、脸子，——脸子有个专门名词，叫"大肥"。要什么，切什么。到了上灯以后，王二的生意就到了高潮。只见他拿了刀不停地切，一面还忙着收钱，包油炸的、盐炒的豌豆、瓜子，很少有歇一歇的时候。一直忙到九点多钟，在他的两盏高罩的煤油灯里煤油已经点去了一多半，装熏烧的盘子和装豌豆的匣子都已经见了底的时候，他媳妇给他送饭来了，他才用热水擦一把脸，吃晚饭。吃完晚饭，总还有一些零零星星的生意，他不忙收摊子，就端了一杯热茶，坐到保全堂店堂里的椅子上，听人聊天，一面拿眼睛瞟着他的摊子，见有人走来，就起身切一盘，包两包。他的主顾都是熟人，谁什么时候来，买什么，他心里都是有数的。

这一条街上的店铺、摆摊的，生意如何，彼此都很清楚。近几年，景况都不大好。有几家好一些，但也只是能维持。有的是逐渐地败落下来了。先是货架上的东西越来越空，只出不进，最后就出让"生财"，关门歇业。只有王二的生意却越做越兴旺。他的摊子越摆越大，装炒货的匣子，装熏烧的洋瓷盘子，越来越多。每天晚上到了买卖高潮的时候，摊子外面有时会拥着好些人。好天气还好，遇上下雨下雪（下雨下雪买他的东西的比平常更多），叫主顾在当街打伞站着，实在很不过意。于是经人说合，出了租钱，他就把他的摊子搬到隔壁源昌烟店的店堂里去了。

源昌烟店是个老字号，专卖旱烟，做门市，也做批发。一边是柜台，一边是刨烟的作坊。这一带抽的旱烟是刨成丝的。刨烟师傅把烟叶子一张一张立着叠在一个特制的木床子上，用皮绳木楔卡紧，两腿夹着床子，用一个刨刃有半尺宽的大刨子刨。烟是黄的。他们都穿了白布套裤。这套裤也都变黄了。下了工，脱了套裤，他们身上也到处是黄的。头发也是黄的。——手艺人都带着他那个行业特有的颜色。染坊师傅的指甲缝里都是蓝的，碾米师傅的眉毛总是白蒙蒙的。原来，源昌号每天有四个师傅、四副床子刨烟。每天总有一些大人孩子站在旁边看。后来减成三个，两个，一个。最后连这一个也辞了。这家的东家就靠卖一点纸烟、火柴、零包的茶叶维持生活，也还卖一点趸来的旱烟、皮丝烟。不知道为什么，原来挺敞亮的店堂变得黑暗了，牌匾上的金字也都无精打采了。那座柜台显得特别的大。大，而空。

王二来了，就占了半边店堂，就是原来刨烟师傅刨烟的地方。他的摊子原来在保全堂廊檐是东西向横放着的，迁到源昌，就改成南北向，直放了。所以，已经不能算是一个摊子，而是半个店铺了。他在原有的板子之外增加了一块，摆

成一个曲尺形，俨然也就是一个柜台。他所卖的东西的品种
也增加了。即以熏烧而论，除了原有的回卤豆腐干、牛肉、
猪头肉、蒲包肉之外，春天，卖一种叫作"鹨"的野味，——
这是一种候鸟，长嘴长脚，因为是桃花开时来的，不知是哪
位文人雅士给它起了一个名称叫"桃花鹨"；卖鹌鹑；入冬以
后，他就挂起一个长条形的玻璃镜框，里面用大红蜡笺写了
泥金字："即日起新添美味羊糕五香兔肉"。这地方人没有自
己家里做羊肉的，都是从熏烧摊上买。只有一种吃法：带皮
白煮，冻实，切片，加青蒜、辣椒糊，还有一把必不可少的
胡萝卜丝（据说这是最能解膻气的）。酱油、醋，买回来自己
加。兔肉，也像牛肉似的加盐和五香煮，染了通红的红曲。

　　这条街上过年时的春联是各式各样的。有的是特制嵌了
字号的。比如保全堂，就是由该店拔贡出身的东家拟制的
"保我黎民，全登寿域"；有些大字号，比如布店，口气很大，
贴的是"生涯宗子贡，贸易效陶朱"，最常见的是"生意兴隆
通四海，财源茂盛达三江"；小本经营的买卖的则很谦虚地写
出："生意三春草，财源雨后花"。这末一副春联，用于王二
的超摊子准铺子，真是再贴切不过了，虽然王二并没有想到
贴这样一副春联，——他也没处贴呀，这铺面的字号还是"源
昌"。他的生意真是三春草、雨后花一样地起来了。"起来"

最显眼的标志是他把长罩煤油灯撤掉，挂起一盏呼呼作响的汽灯。须知，汽灯这东西只有钱庄、绸缎庄才用，而王二，居然在一个熏烧摊子的上面，挂起来了。这白亮白亮的汽灯，越显得源昌柜台里的一盏煤油灯十分地暗淡了。

王二的发达，是从他的生活也看得出来的。第一，他可以自由地去听书。王二最爱听书。走到街上，在形形色色招贴告示中间，他最注意的是说书的报条。那是三寸宽，四尺来长的一条黄颜色的纸，浓墨写道："特聘维扬×××先生在×××（茶馆）开讲××（三国、水浒、岳传……）是月×日起风雨无阻"。以前去听书都要经过考虑。一是花钱，二是费时间，更主要的是考虑这于他的身份不大相称：一个卖熏烧的，常常听书，怕人议论。近年来，他觉得可以了，想听就去。小蓬莱、五柳园（这都是说书的茶馆），都去，三国、水浒、岳传，都听。尤其是夏天，天长，穿了竹布的或夏布的长衫，拿了一吊钱，就去了。下午的书一点开书，不到四点钟就"明日请早"了（这里说书的规矩是在说书先生说到预定的地方，留下一个扣子，跑堂的茶房高喝一声"明日请早——！"听客们就纷纷起身散场），这耽误不了他的生意。他一天忙到晚，只有这一段时间得空。第二，过年推牌九，他在下注时不犹豫。王二平常绝不赌钱，只有过年赌

五天。过年赌钱不犯禁，家家店铺里都可赌钱。初一起，不做生意，铺门关起来，里面黑洞洞的。保全堂柜台里身，有一个小穿堂，是供神农祖师的地方，上面有个天窗，比较亮堂。拉开神农画像前的一张方桌，哗啦一声，骨牌和骰子就倒出来了。打麻将多是社会地位相近的，推牌九则不论。谁都可以来。保全堂的"同仁"（除了陶先生和陈相公），替人家收房钱的抡元，卖活鱼的疤眼——他曾得外症，治愈后左眼留一大疤，小学生给他起了个外号叫"巴颜喀拉山"，这外号竟传开了，一街人都叫他巴颜喀拉山，虽然有人不知道这是什么意思，——王二。输赢说大不大，说小可也不小。十吊钱推一庄。十吊钱相当于三块洋钱。下注稍大的是一吊钱三三四。一吊钱分三道：三百、三百、四百。七点赢一道，八点赢两道，若是抓到一副九点或是天地杠，庄家赔一吊钱。王二下"三三四"是常事。有时竟会下到五吊钱一注孤丁，把五吊钱稳稳地推出去，心不跳，手不抖。（收房钱的抡元下到五百钱一注时手就抖个不住。）赢得多了，他也能上去推两庄。推牌九这玩意，财越大，气越粗，王二输的时候竟不多。

　　王二把他的买卖乔迁到隔壁源昌去了，但是每天九点以后他一定还是端了一杯茶到保全堂店堂里来坐个点把钟。儿子大了，晚上再来的零星生意，他一个人就可以应付了。

且说保全堂。

这是一家门面不大的药店。不知为什么，这药店的东家用人，不用本地人，从上到下，从管事的到挑水的，一律是淮城人。他们每年有一个月的假期，轮流回家，去干传宗接代的事。其余十一个月，都住在店里。他们的老婆就守十一个月的寡。药店的"同仁"，一律称为"先生"。先生里分为几等。一等的是"管事"，即经理。当了管事就是终身职务，很少听说过有东家把管事辞了的。除非老管事病故，才会延聘一位新管事。当了管事，就有"身股"，或称"人股"，到了年底可以按股分红。因此，他对生意是兢兢业业，

忠心耿耿的。东家从不到店，管事负责一切。他照例一个人单独睡在神农像后面的一间屋子里，名叫"后柜"。总账、银钱，贵重的药材如犀角、羚羊、麝香，都锁在这间屋子里，钥匙在他身上，——人参、鹿茸不算什么贵重东西。吃饭的时候，管事总是坐在横头末席，以示代表东家奉陪诸位先生。熬到"管事"能有几人？全城一共才有那么几家药店。保全堂的管事姓卢。二等的叫"刀上"，管切药和"跌"丸药。药店每天都有很多药要切。"饮片"切得整齐不整齐，漂亮不漂亮，直接影响生意好坏。内行人一看，就知道这药是什么人切出来的。"刀上"是个技术人员，薪金最高，在店中地位也最尊。吃饭时他照例坐在上首的二席，——除了有客，头席总是虚着的。逢年过节，药王生日（药王不是神农氏，却是孙思邈），有酒，管事的举杯，必得"刀上"先喝一口，大家才喝。保全堂的"刀上"是全县头一把刀，他要是闹脾气辞职，马上就有别家抢着请他去。好在此人虽有点高傲，有点倔，却轻易不发脾气。他姓许。其余的都叫"同事"。那读法却有点特别，重音在"同"字上。他们的职务就是抓药，写账。"同事"是没有什么了不起的，每年都有被辞退的可能。辞退时"管事"并不说话，只是在腊月有一桌辞年酒，算是东家向"同仁"道一年的辛苦，只要是把哪位"同事"请到上席去，该"同事"就二话不说，客客气气地卷起铺盖另谋高就。当然，事前就从旁漏出一点风声的，并不当真是打一闷棍。该辞退"同事"在八月节后就有预感。有的早就和别家谈好，很潇洒地走了；有的则请人斡旋，留一年再看。后一种，总要做一点"检讨"，下一点"保证"。"回炉的烧饼不香"，辞而不去，面上无光，身价就低了。保全堂的陶先生，就已经有三次要被请到上席了。他咳嗽痰喘，人也不精明。终于没有坐上席，一则是同行店伙纷纷来说情；辞了他，他上谁家去呢？谁家会要这样一个痰篓子呢？这岂非绝了他的生计？二则，他还有一点好处，即不回家。他四十多岁了，却没有传宗接代的任务，因为他没有娶过亲。这样，陶先生就只有更加勤勉，更加谨慎了。每逢他的喘病发作时，有人问："陶先生，你这两天又不大好吧？"他就一面喘嗽着一面说："啊不，很好，很（呼噜呼噜）好！"

以上，是"先生"一级。"先生"以下，是学生意的。药店管学生意的却有一个奇怪称呼，叫作"相公"。

因此，这药店除煮饭挑水的之外，实有四等人："管事""刀上""同事""相公"。

保全堂的几位"相公"都已经过了三年零一节，满师走了。现有的"相公"姓陈。

陈相公脑袋大大的，眼睛圆圆的，嘴唇厚厚的，说话声气粗粗的——呜噜呜噜地说不清楚。

他一天的生活如下：起得比谁都早。起来就把"先生"们的尿壶都倒了涮干净控在厕所里。扫地。擦桌椅、擦柜台。到处掸土。开门。这地方的店铺大都是"铺闼子门"，—— 一列宽可一尺的厚厚的门板嵌在门框和门槛的槽子里。陈相公就一块一块卸出来，按"东一""东二""东三""东四"，"西一""西二""西三""西四"次序，靠墙竖好。晒药，收药。太阳出来时，把许先生切好的"饮片"、"趺"好的丸药，——都放在匾筛里，用头顶着，爬上梯子，到屋顶的晒台上放好；傍晚时再收下来。这是他一天最快乐的时候。他可以登高四望。看得见许多店铺和人家的房顶，都是黑黑的。看得见远处的绿树，绿树后面缓缓移动的帆。看得见鸽子，看得见飘动摇摆的风筝。到了七月，傍晚，还可以看巧云。七月的云多变幻，当地叫作"巧云"。那是真好看呀：灰的、白的、黄的、橘红的，镶着金边，一会一个样，像狮子的，像老虎的，像马、像狗的。此时的陈相公，真是古人所说的"心旷神怡"。其余的时候，就很刻板枯燥了。碾药。两脚踏着木板，在一个船形的铁碾槽子里碾。倘若碾的是胡椒，就要不停地打喷嚏。裁纸。用一个大弯刀，把一沓一沓的白粉连纸裁成大小不等的方块，包药用。刷印包装纸。他每天还有两项例行的公事。上午，要搓很多抽水烟用的纸枚子。把装铜钱的钱板翻过来，用"表心纸"^①一根一根地搓。保全堂没有人抽水烟，但不知什么道理每天都要搓许多纸枚子，谁来都可取几根，这已经成了一种"传统"。下午，擦灯罩。药店里里外外，要用十来盏煤油灯。所有灯罩，每天都要擦一遍。晚上，摊膏药。从上灯起，直到王二过店堂里来闲坐，他一直都在摊膏药。到十点多钟，把先生们的尿壶都放到他们的床下，该吹灭的灯都吹灭了，上了门，他就可以准备睡觉了。先生们都睡在后面的厢屋里，陈相公睡在店堂里。把铺板一放，铺盖摊开，这就是他一个人的天地了。临睡前他总要背两篇《汤头歌诀》，——药店的先生总要懂一点医道。小户人家有病不求医，到药店来说明病状，先生们随口就要说出："吃一剂小柴胡汤吧"，"服三服藿香正气丸"，"上一点七厘散"。有时，坐在被窝里想一会家，想想他的多年守寡的母亲，想想他家房门背后的一张贴了多年的麒麟送子的年画。想不一会，困了，把脑袋放倒，立刻就响起了很大的鼾声。

陈相公已经学了一年多生意了。他已经给赵公元帅和神

① 一种质地疏松的纸。

农爷烧了三十次香。初一、十五，都要给这二位烧香，这照例是陈相公的事。赵公元帅手执金鞭，身骑黑虎，两旁有一副八寸长的小对联："手执金鞭驱宝至，身骑黑虎送财来"。神农爷虬髯披发，赤身露体，腰里围着一圈很大的树叶，手指甲、脚趾甲都很长，一只手捏着一棵灵芝草，坐在一块石头上。陈相公对这二位看得很熟，烧香的时候很虔敬。

陈相公老是挨打。学生意没有不挨打的，陈相公挨打的次数也似稍多了一点。挨打的原因大都是因为做错了事：纸裁歪了，灯罩擦破了。这孩子也好像不大聪明，记性不好，做事迟钝。打他的多是卢先生。卢先生不是暴脾气，打他是为他好，要他成人。有一次可挨了大打。他收药，下梯一脚踩空了，把一匾筛泽泻翻到了阴沟里。这回打他的是许先生。他用一根闩门的木棍没头没脸地把他痛打了一顿，打得这孩子哇哇地乱叫："哎呀！哎呀！我下回不了！下回不了！哎呀！哎呀！我错了！哎呀！哎呀！"谁也不能去劝，因为知道许先生的脾气，越劝越打得凶，何况他这回的错是不小。后来还是煮饭的老朱来劝住了。这老朱来得比谁都早，人又出名的忠诚耿直。他从来没有正经吃过一顿饭，都是把大家吃剩的残汤剩水泡一点锅巴吃。因此，一店人都对他很敬畏。他一把夺过许先生手里的门闩，说了一句话："他也是人生父母养的！"

　　陈相公挨了打，当时没敢哭。到了晚上，上了门，一个人呜呜地哭了半天。他向他远在故乡的母亲说："妈妈，我又挨打了！妈妈，不要紧的，再挨两年打，我就能养活你老人家了！"

王二每天到保全堂店堂里来，是因为这里热闹。别的店铺到九点多钟，就没有什么人，往往只有一个管事在算账，一个学徒在打盹。保全堂正是高朋满座的时候。这些先生都是无家可归的光棍，这时都聚集到店堂里来。还有几个常客，收房钱的抡元，卖活鱼的巴颜喀拉山，给人家熬鸦片烟的老炳，还有一个张汉。这张汉是对门万顺酱园连家的一个亲戚兼食客，全名是张汉轩，大家却都叫他张汉。此人有七十岁了，长得活脱像一个伏尔泰，一个尖尖的鼻子。他年轻时在外地做过幕，走过很多地方，见多识广，什么都知道，是个百事通。比如说抽烟，他就告诉你烟有五种：水、旱、鼻、雅、潮，"雅"是鸦片。"潮"是潮烟，这地方谁也没见过。说喝酒，他就能说出山东黄、状元红、莲花白……说喝茶，他就告诉你狮峰龙井、苏州的碧螺春，云南的"烤茶"是在怎样一个罐里烤的，福建的功夫茶的茶杯比酒盅还小，就是吃了一只炖肘子，也只能喝三杯，这茶太酽了。他熟读《子不语》《夜雨秋灯录》，能讲许多鬼狐故事。他还知道云南怎样放蛊，湘西怎样赶尸。他还亲眼见到过旱魃、僵尸、狐狸精，有时间，有地点，有鼻子有眼。三教九流，医、卜、星、相，他全知道。他读过《麻衣神相》《柳庄神相》，会算"奇门遁甲""六壬课""灵棋经"①。他总要到快九点钟时才出现（白天不知道他干什么），他一来，大家精神为之一振，这一晚上就全听他一个人刮话。他很会讲，起承转合，抑扬顿挫，有声有色。他也像说书先生一样，说到筋节处就停住了，慢慢地抽烟，急得大家一劲地催他："后来呢？后来呢？"这也是陈相公一天比较快乐的时候。他一边摊着膏药，一边听着。有时，听得太入神了，摊膏药的扦子停留在油纸上，会废掉一张膏药。他一发现，赶紧偷偷塞进口袋里。这时也不会被发现，不会挨打。

有一天，张汉谈起人生有命。说朱洪武、沈万山、范丹是同年同月同日同时，都是丑时建生，鸡鸣头遍。但是一声鸡叫，可就命分三等了：抬头朱洪武，低头沈万山，勾一勾就是穷范丹。朱洪武贵为天子，沈万山富甲天下，穷范丹冻饿而死。他又说凡是成大事业，有大作为，兴旺发达的，都有异相，或有特殊的秉赋。汉高祖刘邦，股有七十二黑子，——就是屁股上有七十二颗黑痣，谁有过？明太祖朱元璋，生就是五岳朝天，——两额、两颧、下巴，都突出，状

①　占卜凶吉的方法。

如五岳，谁有过？樊哙能把一个整猪腿生吃下去，燕人张翼德，睡着了也睁着眼睛。就是市井之人，凡有走了一步好运的，也莫不有与众不同之处。必有非常之人，乃成非常之事。大家听了，不禁暗暗点头。

张汉猛吸了几口旱烟，忽然话锋一转，向王二道：

"即以王二而论，他这些年飞黄腾达，财源茂盛，也必有其异秉。"

"……？"

王二不解何为"异秉"。

"就是与众不同，和别人不一样的地方。你说说，你说说！"

大家也都怂恿王二："说说！说说！"

王二虽然发了一点财，却随时不忘自己的身份，从不僭越自大，在大家敦促之下，只有很诚恳地欠一欠身说：

"我呀，有那么一点：大小解分清。"他怕大家不懂，又解释道，"我解手时，总是先解小手，后解大手。"

张汉一听，拍了一下手，说："就是说，不是屎尿一起来，难得！"

说着，已经过了十点半了，大家起身道别。该上门了。卢先生向柜台里一看，陈相公不见了，就大声喊："陈相公！"

喊了几声，没人应声。

原来陈相公在厕所里。这是陶先生发现的。他一头走进厕所，发现陈相公已经蹲在那里。本来，这时候都不是他们俩解大手的时候。

一九四八年旧稿

一九八〇年五月二十日重写

卖眼镜的宝应人

他是个卖眼镜的，宝应人，姓王。大家不知道怎么称呼他才合适。叫他"王先生"高抬了他，虽然他一年四季总是穿着长衫，而且整齐干净（他认为生意人必要"擦干掸净"，才显得有精神，得人缘，特别是脚下的一双鞋，千万不能邋遢："脚底无鞋穷半截"）。叫他老王，又似有点小瞧了他。不知是哪一位开了头，叫他"王宝应"。于是就叫开了。背后，当面都这么叫。以至王宝应也觉得自己本来就叫王宝应。

他是个跑江湖做生意的，不老在一个地方。"行商坐贾"，他算是"行商"。他所走的是运河沿线的一些地方，南自仪征、仙女庙、邵伯、高邮，他的家乡宝应、淮安，北至清江浦。有时也岔到兴化、泰州、东台。每年在高邮停留的时间较长，因为人熟，生意好做。

卖眼镜的撑不起一个铺面，也没有摆摊的，他走着卖，——卖眼镜也没有吆喝的。他左手半捧半托着一个木头匣子，匣子一底一盖，后面有合页连着。匣子平常总是揭开的。匣盖子里面用尖麻钉卡着二三十副眼镜：平光镜、近视镜、老花镜、养目镜。这么个小本买卖没有什么验目配光的设备，有人买，挑几副试试，能看清楚报上的字就行。匣底是一些杂七杂八的东西，可以说是小古董：玛瑙烟袋嘴、"帽正"的方块小玉、水钻耳环、发蓝点翠银簪子、风藤镯，甚至有装鸦片烟膏的小银盒……这些东西不知他是从什么地方寻摸来的。

他寄住在大淖一家人家。一清早，就托着他的眼镜匣奔南门外琵琶闸，在小轮船开船前，在"烟篷""统舱"里转一圈。稍后，几家茶馆，五柳园、小蓬莱、新大陆都上了客，他就到茶馆里转一圈。哪里人多，热闹，都可以看到他的踪迹：王四海耍"大把戏"的场子外面、唱"大戏"的庙台子下面、放戒的善因寺山门旁边，甚至枪毙人（当地叫作"铳人"）的刑场附近，他都去。他说他每天走的路不下三四十里。"人为财死，鸟为食亡，天生的劳碌命！"

王宝应也不能从早走到晚，他得有几个熟识的店铺歇歇脚：李馥馨茶叶店、大吉陞油面（茶食）店、同康泰布店、

王万丰酱园……最后，日落黄昏，到保全堂药店。他到这些店铺，和"头柜""二柜""相公"（学生意的）都点点头，就自己找一个茶碗，从"茶壶捂子"里倒一杯大叶苦茶，在店堂找一张椅子坐下。有时他也在店堂里用饭：两个插酥芝麻烧饼。

他把木匣放在店堂方桌上，有生意做生意，没有生意时和店里的"同事"、无事的闲人谈天说地，道古论今。他久闯江湖，见多识广，大家也愿意听他"白话"。听他白话的人大都半信半疑，以为是道听途说。——他书读得不多，路走得不少，可不只能是"道听途说"么？

他说沭阳陈生泰（这是苏北人都知道的一个特大财主）家有一座羊脂玉观音。这座观音一尺多高，"通体无瑕"。难得的是龙女的一抹红嘴唇、善才童子的红肚兜，都是天生的。——当初"相"这块玉的师傅怎么就能透过玉胚子看出这两块红，"碾"得又那么准？这是千载难逢，是块宝。有一个大盗，想盗这座观音，在陈生泰家瓦垄里伏了三个月。可是每天夜里只见下面一夜都是灯笼火把，人来人往，不敢下手。灯笼火把，人来人往，其实并没有，这是神灵呵护。凡宝物，必有神护，没福的，取不到手。

他说"十八鹤来堂夏家"有一朵云。云在一块水晶里。平常看不见。一到天阴下雨，云就生出来，盘旋袅绕。天晴了，云又渐渐消失。"十八鹤来堂"据说是堂建成时有十八只白鹤飞来，这也许是可能的。鹤来堂有没有一朵云，就很难说了。但是高邮人非常愿意夏家有一朵云——这多美呀，没有人说王宝应是瞎说。

他说从前泰山庙正殿的屋顶上，冬天，不管下多大的雪，不积雪。什么缘故？原来正殿下面有一个很大的獾子洞，跟正殿的屋顶一样大。獾子用自己的毛擀成一块大毯子，——"獾

毯"。"獾毯"热气上升，雪不到屋顶就化了。有人问这块"獾毯"后来到哪里了，王宝应说：被一个"江西憨宝回子"盗走了，——现在下大雪的时候泰山庙正殿上照样积雪。

除了这些稀世之宝，王宝应最爱白话的是各地的吃食。

他说淮安南阁楼陈聋子的麻油馓子风一吹能飘起来。

他说中国各地都有烧饼，各有特色，大小、形状、味道，各不相同。如皋的黄桥烧饼、常州的麻糕、镇江的蟹壳黄，味道都很好。但是他宁可吃高邮的"火镰子"，实惠！两个，就饱了。

他说东台冯六吉——大名士，在年羹尧家当西宾——坐馆。每天的饭菜倒也平常，只是做得讲究。每天必有一碗豆腐脑。冯六吉岁数大了，辞馆回乡。他想吃豆腐脑。家里人想：这还不容易！到街上买了一碗。冯六吉尝了一勺，说："不对！不是这个味道！"街上买来的豆腐脑怎么能跟年羹尧家的比呢？年羹尧家的豆腐脑是鲫鱼脑做的！

他的白话都只是"嚯子"，目的是招人，好推销他的货。他把他卖的东西吹得神乎其神。

他说他卖的风藤镯是广西十万大山出的，专治多年风湿，筋骨酸疼。

他说他卖的养目镜是真正茶晶，有"棉"，不是玻璃的。真茶晶有"棉"，假的没有。戴了这副眼镜，会觉得窨凉窨凉。赤红火眼，三天可愈。

他不知从哪里收到一把清朝大帽的红缨，说是猩猩血染的，五劳七伤，咯血见红，剪两根煎水，热黄酒服下，可以立止。

有一次他拿来一个浅黄色的烟嘴，说是蜜蜡的。他要了一张白纸，剪成米粒大一小块一小块，把烟嘴在袖口上磨几下，往纸屑上一放，纸屑就被吸起来了。"看！不是蜜蜡，能吸得起来么？"

蜜蜡烟嘴被保全堂的二老板买下了。二老板要买，王宝应没敢多要钱。

二老板每次到保全堂来，就在账桌后面一坐，取出蜜蜡烟嘴，用纸捻通得干干净净，觑着眼看看烟嘴小孔，掏出白绸手绢把烟嘴全身上下仔仔细细擦了个遍，然后，掏出一支大前门，插进烟嘴，点了火，深深抽了几口，悠然自得。

王宝应看看二老板抽烟抽得那样出神入化，也很陶醉："蜜蜡烟嘴抽烟，就是另一个味儿：香，醇，绵软！"

二老板不置可否。

王宝应拿来三个翡翠表拴。那年头还兴戴怀表。讲究的是银链子、翡翠表拴。表拴别在纽扣孔里。他把表拴取出来，让在保全堂店堂里聊天的闲人赏眼："看看，多地道的东西，翠色碧绿，地子透明，这是'水碧'。我费了好大的劲才弄到。不贵，两块钱就卖，——一根。"

十几个脑袋向翡翠表拴围过来。

一个外号"大高眼"的玩家掏出放大镜，把三个表拴挨个看了，说："东西是好东西！"

开陆陈行的潘小开说："就是太贵，便宜一点，我要。"

"贵？好说！"

经过讨价还价，一块八一根成交。

"您是只要一个，还是三个都要？"

"都要！——送人。"

"我给您包上。"

王宝应抽出一张棉纸，要包上表拴。

"先莫忙包，我再看看。"

潘小开拈起一个表拴：

"靠得住？"

"靠得住！"

"不会假？"

"假？您是怕不是玉的，是人造的，松香、赛璐珞、'化学'的？笑话！我王宝应在高邮做生意不是一天了，什么时候卖过假货？是真是假，一试便知。玉不怕火，'化学'的见火就着。当面试给你看！"

王宝应左手两个指头捏住一个表拴，右手划了一根火柴，火苗一近表拴——

呼，着了。

一九九三年十月二十六日

落魄

　　他为什么要到"内地"来？不大可解，也没有人问过他。自然，你现在要是问我究竟为什么大老远地跑到昆明过那么几年，我也答不上来。为了抗战？除了下乡演演《放下你的鞭子》，我没有为抗战做过多少事。为了读书，大学都"内迁"了。有那么一点浪漫主义，年纪轻，总希望向远处跑，向往大后方。总而言之，是大势所趋。有那么一股潮流，把我一带，就带过了千山万水。这个人呢？那个潮流似乎不大可能涉及他。我们那里的人都安土重迁，出门十五里就要写家书的。我们小时听老人经常告诫的两件事，一是"万恶的社会"，另一件就是行旅的艰难。行船走马三分险，到处都是扒手、骗子，出了门就是丢了一半性命。他是四十边上的人了，又是站柜台"做店"的。做店的人，在附近三五个县

城跑跑，就是了不起的老江湖，对于各地的茶馆、澡堂子、妓院、书场、镇水的铜牛、肉身菩萨、大庙、大蛇、大火灾……就够他向人聊一辈子，见多识广，社会地位高于旁人，他却当真走了几千里，干什么？是在家乡做了什么丢脸的事，或怄了气，一跺脚，要到一个亲戚朋友耳目所不及的地方来创一番事业，将来衣锦荣归，好向家中妻子儿女说一声"我总算对得起你们"？看他不像是个会咬牙发狠的人。他走路说话全表示他是个慢性子，是女人们称之为"三棍子打不出一个闷屁来"的角色。也许是有个亲戚要到内地来做事，需要一个能写字算账的身边人。机缘凑巧，他就决定跟着来"玩玩"了？不知道。反正，他就是来了。而且做了完全另外一种人。

到我们认识他时，他开了个小馆子，在我们学校附近。

大学生都是消化能力很强的人。初到昆明时，大家的口袋里还带着三个月至半年的用度，有时还能接到一笔汇款，稍有借口，或谁过生日，或失物复得，或接到一封字迹娟秀的信，或什么理由都没有，大家"通过"一下，就可以派一个人做东请客。在某个限度内还可以挑一挑地方。有人说，开了个扬州馆子，那就怎么也得巧立名目去吃他一顿。

学校附近还像从前学校附近一样，开了许多小馆子，开馆子的多是外乡人，山东、河北、江西、湖南的，都有。在昆明，只要不说本地话，任何外乡口音的，都可认作大同乡。一种同在天涯之感把掌柜、伙计和学生连接起来。学生来吃饭，掌柜的、伙计（如果他们闲着），就坐在一边谈天说地；学生也喜欢到锅灶旁站着，一边听新闻故事，一边欣赏炒菜艺术。这位扬州人老板，一看就和别的掌柜的不一样。他穿了一身铁机纺绸褂裤在那儿炒菜。盘花纽子，纽襻拖出一截银表链。雪白的细麻纱袜，浅口千层底礼服呢布鞋。细细软软的头发向后梳得一丝不乱。左手无名指上还套了个韭菜叶式的金戒指。周身上下，斯斯文文。除了他那点流利合拍的翻锅执铲的动作，他无处像一个大师傅，像吃这一行饭的。这个馆子不大，除了他自己，只用了个本地孩子招呼客座，摆筷子倒茶。可是收拾得干干净净，木架上还放了两盆花。就是足球队员、跳高选手来，看看墙上菜单上那一笔成亲王体的字，也不好意思过于嚣张放肆了。

　　有时，过了热市，吃饭的只有几个人，菜都上了桌，他洗洗手，会捧了一把细瓷茶壶出来，客气几句："菜炒得不好，这里的酱油不行"，"黄芽菜叫孩子切坏了，谁让他切的！——不能横切，要切直丝。"有时也谈谈时事，说点故乡消息，问问这里的名胜特产，声音低缓，慢条斯理。我们已

经学会了坐茶馆。有时在茶馆里也可以碰到他，独自看一张报纸或支颐眺望街上行人。他还给我们付过几回茶钱，请我们抽烟。他抽烟也是那么慢慢地，一口一口地品尝，仿佛有无穷滋味。有时，他去遛弯，两手反背在后面，一种说不出的悠徐闲散。出门稍远，则穿了灰色熟罗长衫，还带了把湘妃竹折扇。想来从前他一定喜欢养鸟，听王少堂说书，常上富春坐坐的。他说他原在辕门桥一家大绸缎庄做事，看样子极像。然而怎么会到这儿来开一个小饭馆呢？这当中必有一段故事。他自己不谈，我们也不便问。

这饭馆常备的只有几个菜：过油肉、炒假螃蟹、鸡丝雪里蕻，却都精致有特点。有时跟他商量商量，还可请他表演几个道地扬州菜：狮子头、煮干丝、芙蓉鲫鱼……他不惜工本，做得非常到家。这位绸缎庄的"同事"想必在家很讲究吃食，学会了烹调，想不到竟改行做了红案师傅。照常情，这是降低身份了，不过，生意好，进账不错，他倒像不在意，高高兴兴的。

半年以后，店门关了几天，贴出了条子：修理炉灶，停业数天。

重新开张后，饭铺气象一新，一早上就坐满了人，人来人往，川流不息。扬州人听从有人的建议，请了个南京的白案师傅来做包子下面，带卖早晚市了。我一去，学着扬州话，给他道了喜：

"恭喜恭喜！"

"托福托福，闹着玩的！"

扬州人完全明白我向他道喜的双重意义。恭喜他扩充了营业；同时我一眼就看到后面天井里有一个年轻女人坐着拣菜，穿得一身新，发髻上戴着一朵双喜字大红绒花。这扬州人在家乡肯定是有个家的。这女人的岁数也比他小得多。因此他有点不好意思。

不知道是谁给说的媒。这女人我们认得，是这条街上一个鸦片烟鬼的女儿。（这条街有一个富丽堂皇、古色古香的街名，叫作"凤翥街"。）我们常看见她蓬着头出来买咸菜，买壁虱（即臭虫）药，买蚊烟香，脸色黄巴巴的，不怎么好看。可是因为年纪还轻，拢光了头发，搽了脂粉，就像换了一个人，以前看不出的好看处全露出来了。扬州人看样子很疼爱这位新娘子，不时回头看看，走过去在她耳边低低地说几句话；或让她偏了头，为她拈去头发上的一片草屑尘丝。他那个手势就比一首情诗还值得一看。扬州人自己也像年轻了许多。

白案上，那位南京师傅集中精神在做包子。他仿佛想把

他的热情变成包子的滋味，全力以赴，揉面，摘面蒂，刮馅子，捏褶子，收嘴子，动作的节奏感很强。他很忙，顾不上想什么。但是今天是新开张，他一定觉得很兴奋。他的脑袋里升腾着希望，就像那蒸笼里冒出来的一阵一阵的热气。听他用力抽打着面团，声音钝钝的，手掌一定很厚，而且手指很短！他的脑袋剃得光光的，后脑勺挤成了三四叠，一用力，脑后的褶纹不停地扭动。他穿着一身老蓝布的衣裤，系着一条洋面口袋改成的围裙。周身上下，无一处不像一个当行的白案师傅，跟扬州人的那种"票友"风度恰成对比。

不知道什么道理，那一顿早点没有给我留下什么印象。猪肝面，加了一点菠菜、西红柿，淡而无味。我看了看墙上钉着的一个横幅，写了几个美术字："绿杨饭店"（不知是哪位大学生的大作），心想：三个月以后，这几个字一定会浸透了油气，活该！——我对猪肝和美术字一向都没有好感。

半年过去，很多人的家乡在不断"转进"（报纸上讳言败退，创造了一个新奇的名词）的战争中失去了。滇越铁路断了，昆明和"下江"邮汇不通，大学生的生活发生了很大的变化。很多学生在外面兼了差，教中学的，在拍卖行、西药铺当会计的，当家庭教师的，各行各业，无所不有。昆明每到中午十二点要放一炮，叫作"午炮"，据说放那一炮的也是我们的一位同学。有的做了生意，而且越做越大。还有一些对书本有兴趣，抱残守缺，除了领"贷金"，在学校吃"八宝饭"（糙米中有砂粒、鼠矢种种东西），靠变卖衣物维持。附近有不少收买旧衣的，背着竹筐，往来吆唤。其中有一个中年妇女，嗓音极其脆亮，我一生很少听到这样好听的叫卖声音："有——旧衣烂衫找来卖！"

学生的变化，自然要影响到绿杨饭店。

这个饭馆原来不大像一个饭馆，现在可完全像一个饭馆了，太像了，代表这个饭馆的，不再是扬州人，而是南京人了。原来扬州人带来的那点人情味和书卷气荡然无存。

那个南京人，第一天，就从他的后脑勺上看出这是属于那种能够堆砌"成功"的人，一个非常现实的人。他抓紧机会，稳扎稳打，他知道钱是好的，活下来多不容易，举手投足都要代价。他一大早冲寒冒露从大西门赶到小南门去买肉，因为那里的肉要便宜一点；为了搬运两袋面粉，他可以跟挑夫说很多好话，或骂很多难听的话；他一边下面，一边拿眼睛瞟着门外过去的几驮子柴，估着柴的干湿分量（昆明卖柴是不约斤的，木柴都是骡马驮来，论驮卖）；他拣去一片发黄的菜叶，丢到地下，拾起来，看一看，又放回案板上。他时常到别的饭铺门前转转，看看人家的包子是什么样子的，回来的路上就决定，他们的包子里还可以掺一点豆芽菜，放一点豆腐干……他的床是睡觉的，他的碗是吃饭的。他不幻想，不喜欢花（那两盆花被他搬到天井角落里，干死了），他不聊闲天，不上茶馆喝茶，而且老打狗。他身边随时搁了一块劈柴，见狗就打，虽然他的肉高高地挂在房梁上，他还是担心狗吃了。他打狗打得很狠,一劈柴就把狗的后腿打折。这狗就拖着一条瘸腿嗥叫着逃走了。昆明的饭铺照例有许多狗。在人的腿边挤来挤去,抢吃骨头,只有绿杨饭店没有。这街上的狗都教他打怕了,见了他的影子就逃。没有多少时候,绿杨饭店就充满了他的"作风"。从作风的改变上,你知道店的主权也变了。不问可知,这个店已经是合股经营。南京人攒了钱,红利、工钱,加了自己的积蓄,入了股,从伙计变成了股东。我可以跟你打赌,从他答应来应活时那一天,就想到了这一步。

绿杨饭店的主顾有些变化,但生意没有发生太大影响。在外兼职的学生在拿到薪水后会来油油肠子。做生意的学生,还保留着学籍,选了课,考试时得来答卷子,平时也偶尔来听听课。他们一来,就要找一些同学"联络感情",在绿杨饭店摆了一桌子菜,哄饮大嚼。抱残守缺者,有时觉得"口中淡出鸟来",就翻出几件值一点钱的东西拿到文明新街一卖,——最容易卖掉的东西是工具书,《辞源》《牛津字典》……到绿杨饭店来开斋。有一个四川同学家里寄来一件棉袍子,他约了几个人一同上邮局取出来,出了邮局大门,拆开包裹,把一件全新的棉袍搭在手臂上,就高声吆唤:"哪

个买这件棉袍！"然后，几个馋人，一顿就把一件新棉袍吃掉了。昆明冬天不冷，没有棉袍也过得去。

绿杨饭店的生意好过一阵，好得足以使这一带所有的饭馆为之侧目。这些饭铺的老板伙计全都对它关心。别以为他们都希望"绿杨"的生意坏。他们知道，"绿杨"的生意要是坏，他们也好不了。他们的命运既相妨，又相共。果然，过了一个高潮，绿杨饭店走了下坡路了，包子里的豆芽菜、豆腐干越掺越多，卖出去的包子越来越少。时间很快过了两年了。大学的学生，有的干脆弃学经商，在外地跑买卖，甚至出了国，到仰光，到加尔各达①。有的还选了几门课，有的干脆休了学，离开书本，离开学校，也离开了绿杨饭店。在外兼职的，很多想到就要成家立业，娶妻生子，不再胡乱花钱（有一个同学，有一只小手提箱，里面粘了三十一个小牛皮纸口袋，每一口袋内装一个月中每一天的用度）。那一群抱残守缺的书呆子，可卖的衣物更少了。"有——破衣烂衫找来卖"的吆唤声音不常在学校附近出现了。风翥街冷落了许多。开饭馆的江西人、湖南人、山东人、河北人全都风流云散，不知所终。绿杨饭店还开着。绿杨饭店犹如一面镜子，照出种

————
① 现在译作加尔各答。

种变化。镜子里是变色的猪肝、暗淡的菠菜、半生的或霉烂的西红柿。太阳光如一匹布，阳光中游尘飞舞。

那个女人的脸又黄下来，头发又蓬乱了。

然而绿杨饭店还是开着。

这当中我因病休了学。病好后在乡下一个朋友主持的中学里教几点钟课，很少进城。绿杨饭店的情形可以说不知道。一年中只去过一次。

一个女同学病了，我们去看她。有人从黑土凹采来了一大把玉簪花（黑土凹是昆明出产鲜花的地方，花价与青菜价钱差不多），她把花插在一个绿陶瓶里，笑了笑说："如果再有一盘白煮鱼，我这病就生得很像样子了！"她是扬州人。扬州人养病，也像贾府上一样，以"清饿"为主。病好之后，饮食也极清淡。开始动荤腥时，都是吃椒盐白煮鱼。我们为了满足她的雅兴和病中易有的思乡之情，就商量去问问扬州人老板，能不能像从前一样为我们配几个菜。由我和一个同学去办这件事。老板答复得很慢。但当那个同学说"要是费事，那就算了"时，他立刻就决定了，问："什么时候？"南京人坐在一边，不表示态度。出了绿杨饭店，我半天没有说话。同学问我是怎么啦，我说没有什么，

我在想那个饭店。

吃饭的那天，南京人一直一声不响，也不动手，只是摸摸这，掇掇那。女人在灶下烧火。扬州人掌勺。他头发白了几根了。他不再那样潇洒，很像是个炒菜师傅了。不仅他的纺绸裤褂、好鞋袜、戒指、表链都没有了；从他下菜料、施油盐，用铲子抄起将好的菜来尝一尝，菜好了敲敲锅边，用抹布（好脏！）擦擦盘子，把刷锅水往泔水缸里一倒，用火钳夹起一片木柴歪着头吸烟，小指头搔搔发痒的眉毛，鼻子吸一吸吐出一口痰……这些等等，让人觉得这扬州人全变了。菜都上了桌，他从桌子底下拉过一张板凳（接过腿的），坐下，第一句话就是：

"什么都贵了，生意真不好做！"

听到这句话，南京人回过头来向我们这边看了看，脸色很不好看。南京人是一点也没有走样。他那个扁扁的大鼻子教我们想起前天应该跟他商量才对。这种平常不做的家乡菜，费工费事，扬州人又讲面子，收的钱很少，虽不赔本，但没有多少赚头。南京人一定很不高兴。他的不高兴分明地写在他的脸上。我觉得这两个人这两天一定吵了一架。不一定是为我们这一顿饭而吵的（希望不是）。而且从他们之间的神气上看，早已不很融洽了，开始吵架已经颇久的事了。照例大概是南京人嘟嘟囔囔，扬州人一声不响。可能总是那个女人为一点小事和南京人拌嘴，吵着吵着，就牵扯起过去许多不痛快的事，可以接连吵几天。事情很清楚，南京人现在的股本不比扬州人少。扬州人两口子吃穿，南京人是光棍一个，他们之间不会有什么会计制度，收支都是一篇糊涂账。从扬州人的衰萎的体态看起来，我疑心他是不是有时也抽口把鸦片烟。唔，要是当真，那可！

我看看南京人的肥厚的手掌和粗短的指头，忽然很同情他。似乎他的后脑勺没有堆得更高，全是扬州人的责任。

到我复学时，学校各处都还是那样，但又似乎有些变化：都有一种顺天知命，随遇而安的样子。大图书馆还有那么一些人坐着看书。指定参考书不够，然而要多少本才够呢？于是就够了。草顶泥墙的宿舍还没有一间坍圮的。一间宿舍还是住四十人。一间宿舍住四十人太多了。然而多少人住一屋才算合理？一个人每天需要多久时间的孤独？于是这样也挺好。生物系的新生都要抄一个表：人的正常消耗是多少卡路里。他们就想不出办法取得这些卡路里。一个教授研究人们吃的刺梨和"云南橄榄"所含的维他命，这位教授身上的维

他命就相当不足。路边的树都长得很高了，在月光中布下黑影。树影月光，如梦如水。学校里平平静静。一年之中，没有人自杀，也没有人发疯，也听不到有人痛哭。绿杨饭店已经搬了家，在学校的门外搭了一个永远像明天就会拆去的草棚子卖包子、卖面。

这个饭店是每况愈下了。南京人的脾气变得很暴躁。背着这只半死不活的饭店，他简直无计可施，然而扔下它又似乎不行。他有点自暴自弃起来，时常看他弄了一碗市酒，闷闷地喝（他的络腮胡子乌猛猛的），忽然把拳头一擂桌子，大骂起来。他不知骂谁才好。若是扬州人和他一样的强壮，他也许会跳过去对着他的鼻子就是一拳，然而扬州人是一股窝囊样子，折垂了脖子，木然地看着哄在一块骨头上的一堆苍蝇。南京人看着他这副倒霉样子，一股邪火从脚心直升上来！扬州人的身体越来越不行了，背佝偻得很厉害。他的嘴角老是耷拉着，嘴老是半张着。他老是用左手捋着右臂的衣袖，上下推移。又不是搔痒，不知道干什么！他的头发还是向后梳着的，是用水湿了梳的，毫无光泽，令人难过。有人来了，他机械地站起来，机械地走动，用一块黑透了的抹布骗人似的抹抹桌子，抹完了往肩上一搭：

"吃什么？有包子，有面。牛肉面、炸酱面、菠菜猪肝面……"

声音空洞而冷漠。客人的食欲就教他那个神气，那个声音压低了一半。你看看那个荒凉污黑的货架，看到西红柿上的黑斑，你想到这一块是煮不烂的；看到一个大而无当的盘子里的两三个鸡蛋，这鸡蛋一定是散黄的；你还会想起扬州人向你解释过的："鸡蛋散黄是蚊子叮的"；你想起孑孓在水里翻跟斗……吃什么呢？你简直没有主意。你就随便说一个，牛肉面吧。扬州人捋着他的袖子：

"噢，——牛肉面一碗……"

"牛肉早就没有了！要说多少次！"

"噢，——牛肉没有了……"

那么随便吧，猪肝面吧。

"噢，——猪肝面一碗……"

过了好多好多时候，"炮仗响了"。云南老百姓管抗战胜利，战争结束叫"炮仗响"。他们不说"胜利"，不说"战争结束"，而说"炮仗响"。因为胜利那天，大街小巷放了很多炮仗。炮仗响了以后，我没有见过扬州人，已经把他忘记了。

一直到我要离开昆明的前一天，出去买东西，偶然到一

家铺子去吃东西，一抬头：哎，那不是扬州人吗？再往里看，果然南京人也在那儿，做包子，一身老蓝布裤褂，面粉口袋围裙，工作得非常紧张，后脑勺的皱褶直扭动，手掌拍得面团啪啪地响。摘面蒂，刮馅子，捏褶子，收嘴子，节奏感很强，仿佛想把他的热情变成包子的滋味。这个扬州人，你为什么要到昆明来呢？……

明天我要走了。车票在我的口袋里。我不知道摸了多少次。我有个很不好的习惯，喜欢把口袋里随便什么纸片捏在手里搓揉，搓搓就扔掉了。我丢过修表的单子、洗衣服的收据、照相的凭条、防疫证书、人家写给我的通信处……我真怕我把车票也丢了。我觉得头晕，想吐。这会饿过了火，实在什么也不想吃。

可是我得说话。我这么失魂落魄地坐着，要惹人奇怪的。已经有人在注意我。他一面咀嚼着白斩鸡，一面咀嚼着我。他已经放肆地从我的身上构拟起故事来了。我振作一下，说：

"猪肝面加菠菜西红柿！"

扬州人放好筷子，坐在一张空桌边的凳子上。他牙齿掉了不少，两颊好像老是在吸气。而脸上又有点浮肿，一种暗淡的痴黄色。肩上一条抹布，湿漉漉的。一件黑滋滋的汗衫，（还是麻纱的！）一条半长不短的裤子。这条裤子像一个十二三岁的孩子穿的。衣裤上到处是跳蚤血的黑点。看他那滑稽相的裤子，你想到裤子里的肚皮一定打了好多道折子！最后，我的眼睛就毫不客气地死盯住他的那双脚。一双自己削成的很大的木屐，简直是长方形的。好脏的脚！仿佛污泥已经透入多裂纹的皮肤。十个趾甲都是灰趾甲。左脚的大拇指极其不通地压在中趾底下，难看无比。对这个扬州人，我没有第二种感情：厌恶！我恨他，虽然没有理由。

一九四六年

选自《汪曾祺作品自选集》

此为一九八一年修改文本

小学同学

金国相

　　我时常想起金国相。他很可怜。不知道怎么传出来的，说金国相有尾巴。于是在第二节课下课后，常常有一群同学追他，要脱下他的裤子。金国相拼命逃。大家拼命追。操场、校园、厕所……金国相跑得很快，从来没有被追上、摁倒过。这样追了十分钟，直到第三节课铃响。学校的老师看见，也不管。我没有追过金国相。为什么要欺负人呢？那么多人欺负一个人！

　　金国相到底有没有尾巴？可能是有的。不然他为什么拼命逃？可能是他尾骨长出一节，不会是当真长了一根毛乎乎的尾巴。

金国相的样子有点蠢。头很大，眼睛也很大。两只很圆的眼睛，老是像瞪着。说话声音很粗。

他家很穷。父亲早死了，家里只有一个祖母，靠糊"骨子"（做鞋底用的袼褙）为生。把碎布浸湿，打一盆面糊，在门板上把碎布一层一层地拼起来，糊得实实的，成一个二尺宽、五六尺长的长方块，晒干后，揭下。只要是晴天，都看见老奶奶坐在一个小板凳上糊骨子。金国相家一般是不关门的，因为门板要用来糊骨子，因此从街上一眼可以看到他家的堂屋。堂屋里什么都没有，一张破桌子，几条板凳。

金国相家左邻是一个很小的石灰店，右邻是一个很小的炮仗店。这几家门面都不敞亮，不过金国相家特别的暗淡。

金国相家的对面是一个私塾。也还有人家愿意把孩子送到私塾念书，不上小学。私塾里有十几个学生。我们是读小学的，而且将来还会读中学、大学，对私塾看不起，放学后常常大摇大摆地走进去看看。教私塾的老先生也无可奈何。这位老先生样子很"古"。奇怪的是板壁上却挂了一张老夫妻俩的合影，而且是放大的。老先生用粗拙的字体在照片边廓题了一首诗，有两句我一直不忘：

诸君莫怨奁田少，

吃饭穿衣全靠他。

我当时就觉得这首诗很可笑。"奁田"的多少是老先生自己的事，与"诸君"有什么关系呢？

金国相为什么不就在对门读私塾，为什么要去读小学呢？

邱麻子

邱麻子当然是有个学名的，但是从一年级起，大家都叫他邱麻子。他又黑又麻。他上学上得晚，比我们要大好几岁，人也高出好多。每学期排座位，他总是最后一排，靠墙坐着。大家都不愿跟他一块玩，他也跟这些比他小好几岁的伢子玩不到一起去，他没有"好朋友"。我们那时每人都有一两个特别要好的同学。男生跟男生玩，女生跟女生玩。如果是亲戚或是邻居，男生和女生也可以一起玩。早上互相叫着一起到学校，晚上一同回家。邱麻子总是一个人来，一个人走。

三年级的时候，有一天上算术课，来的不是算术老师，是教务主任顾先生。顾先生阴沉着脸，拿了一把很大的戒尺。级长喊了"一——二——三"之后，顾先生怒喝了一声："邱××！到前面来！"邱麻子走到讲桌前站住。"伸出左手！"顾先生什么都不说，抢起戒尺就打。打得非常重。打得邱麻子嘴角牵动，一咧一咧的。一直打了半节课。同学们鸦雀无声。只见邱麻子的手掌肿得像发面馒头。邱麻子不哭，不叫喊，只是咧嘴。这不是处罚，简直是用刑。

后来知道是因为邱麻子"摸"了女生。

过了好些年，我才知道这叫"猥亵"。

邱麻子当然不知道这是"猥亵"。

连教导主任顾先生也不知道"猥亵"这个词。

邱麻子只是因为早熟，因为过早萌发的性意识，并且因为他的黑和麻，本能地做出这种事，没有谁能教唆过他。

邱麻子被学校开除了。

邱麻子家开了一座铁匠店。他父亲就是打铁的。邱麻子被开除后，学打铁。

他父亲掌小锤，他抡大锤。我们放了学，常常去看打铁。他父亲把一块铁放进炉里，邱麻子拉风箱。呼——哒，呼——哒……铁块烧红了，他父亲用钳子夹出来，搁在砧子上。他父亲用小锤一点，"丁"，他就使大锤砸在父亲点的地

方，"当"。丁——当，丁——当。铁块颜色发紫了，他父亲把铁块放在炉里再烧。烧红了，夹出来，丁——当，丁——当，到了一件铁活快成形时，就不再需要大锤，只要由他父亲用小锤正面反面轻敲几下，"丁、丁、丁、丁"。"丁丁丁丁……"这是用小锤空击在铁砧上，表示这件铁活已经完成。

丁——当，丁——当，丁——当。

少年棺材匠

徐守廉家是开棺材店的。是北门外唯一的棺材店。

走过棺材店，总有一种很特殊的感觉。别的店铺都与"生"有关，所卖的东西是日用所需，棺材店却是和"死"联系在一起的。多数店铺在店堂里都设有椅凳茶几，熟人走过，可以进去歇歇脚，喝一杯茶，闲谈一阵，没有人会到棺材店去串门。别的店铺里很热闹。酱园从早到晚，买油的、买酱的、打酒的、买萝卜干酱莴苣的，川流不息。布店从早上九点钟到下午五六点钟，总有人靠着柜台挑布（没有人大清早去买布的；灯下买布，看不正颜色了）。米店中饭前、晚饭前有两次高潮。药店的"先生"照方抓药，顾客坐在椅子上等，因为中药有很多味，一味一味地用戥子戥，包，要费一点时间。绒线店里买丝线的、绦子的、二号针的、品青煮蓝的……络绎不绝。棺材店没法子热闹。北门外一天死不了一个人。一天死几个，更是少有。就是那年闹霍乱，死的人也不太多。棺材店过年是不贴春联的。如果贴，写什么字呢？"生意兴隆通四海，财源茂盛达三江"？

　　我和徐守廉很要好。他很聪明，功课很好，我常到他家的棺材店去玩。

　　棺材店没有柜台，当然更没有货橱货架，只有一张账桌，徐守廉的父亲坐在桌后的椅子里，用一副骨牌"打通关"。棺材店是不需要多少"先生"的，顾客很少，货品单一。有来看材的（这些"材"就靠西墙一具一具摞着），徐守廉的父亲就放下骨牌接待。棺材是没有什么可挑选的，样子都是一样。价钱也是固定的。上等的、中等的、下等的薄皮材，自几十元、十几元至几块钱不等。也没有人去买棺材讨价还价。看定一种，交了钱，雇人抬了就走。买棺材不兴赊账，所以账目也就简单。

　　我去"玩"，是去看棺材匠做棺材。棺材也要做得像个棺材的样子，不能做成一个长方的盒子。棺材板很厚。两边的板要一头大，一头小，要略略有点弧度，两边有相抱的意思；棺材盖尤其重要，棺材盖正面要略略隆起，棺材盖的里面要是一个"膛"，稍拱起。做棺材的工具是一个长把，弯头，阔刃的家伙，叫作"锛"。棺材的各部分，是靠"锛"锛出来的（棺材板平放在地下）。老师傅锛起来非常准确。嚓！——嚓，嚓，嚓——锛到底，削掉不必要的部分，略修几下，这块板就完全合尺寸。锛时是不弹墨线的，全凭眼力，凭手底下的功夫。一般木匠是不会做棺材的，这是另一门手艺。

棺材店里随时都喷发出新锛的杉木的香气。

徐守廉小学毕业没有升学，就在他家的棺材店里学做棺材的手艺。

我读完初中，徐守廉也差不多出师了。

我考上了高中，路过徐家棺材店，徐守廉正在熟练地锛板子。我叫他：

"徐守廉！"

"汪曾祺！来！"

我心里想："你为什么要当棺材匠呢？"话到嘴边，没有说出来。我觉得当棺材匠不好。为什么不好呢？我也说不出来。

蒌蒿薹子

小说《大淖记事》："春初水暖，沙洲上冒出很多紫红色的芦芽和灰绿色的蒌蒿，很快就是一片翠绿了。"我在书页下方加了一条注："蒌蒿是生于水

边的野草，粗如笔管，有节，生狭长的小叶，初生二寸来高，叫作'蒌蒿薹子'，加肉炒食极清香。……"蒌蒿的蒌字，我小时不知怎么写，后来偶然看了一本什么书，才知道的。这个字音"吕"①。我小学有一个同班同学，姓吕，我们就给他起了一个外号，叫"蒌蒿薹子"（蒌蒿薹子家开了一爿糖坊，小学毕业后未升学，我们看见他坐在糖坊里当小老板，觉得很滑稽）。

——《故乡的食物》

真对不起，我把我的这位同学的名字忘了，现在只能称他为蒌蒿薹子。我们小时候给人取外号，常常没有什么意义，"蒌蒿薹子"，只是因为他姓吕，和他的形貌没有关系。"糖坊"是制麦芽糖的。有一口很大的锅，直径差不多有一丈。隔几天就煮一锅大麦芽，整条街上都闻到熬麦芽的气味。麦芽怎么变成了糖，这过程我始终没弄清楚，只知道要费很长时间。制出来的糖就是北京叫作关东糖的那种糖。有的做成

---

① 现在"蒌"字读作"Lóu"。

直径尺半许的一个圆饼，肩挑的小贩菿去。或用钱买，或用鸭毛破布来换，都可以。用一个刨刀形的铁片楔入糖边，用小铁锤一敲，丁的一声就敲下一块。云南叫这种糖叫"丁丁糖"。蒌蒿薹子家不卖这种糖，门市只卖做成小烧饼状的糖饼。有时还卖把麦芽糖拉出小孔，切成二寸长的一段一段，孔里灌了豆面，外面滚了芝麻的"灌香糖"。吃糖饼的人很少，这东西很硬，咬一口，不小心能把门牙齿扳下来。灌香糖买的人也不多。因此照料门市，只要一个人就够了。原来看店堂的是他的父亲，蒌蒿薹子小学毕了业，就由他接替了。每年只有进腊月二十边上，糖坊才红火热闹几天。家家都要买糖饼祭灶，叫作"灶糖"，不少人家一买买一摞，由大至小，摞成宝塔。全城只有这一家糖坊，买灶饼糖的人挤不动。四乡八镇还有来批菿的。糖坊一年，就靠这几天的生意赚钱。这几天，蒌蒿薹子显得很忙碌，很兴奋。他的已经"退居二线"的父亲也一起出动。过了这几天，糖坊又归于清淡。蒌蒿薹子可以在店堂里"坐"着，或抄了两手在大糖锅前踱来踱去。

蒌蒿薹子是我们的同学里最没有野心，最没有幻想，最安分知足的。虚岁二十，就结了婚。隔一年，得了一个儿子。

而且，那么早就发胖了。

王 居

我所以记得王居，一是我觉得王居这个名字很好玩，——有什么好玩呢？说不出个道理；二是，他有个毛病，上体育的时候，齐步走，一顺边，——左手左脚一齐出，右手右脚一齐出。

王居家是开豆腐店的，豆腐店是不大的买卖。北门外共有三家豆腐店。一家马家豆腐店，一家顾家豆腐店，都穷，房屋残破，用具发黑。顾家豆腐店因为顾老头有一个很风流的女儿而为人所知（关于她，是可以写一篇小说的）。只有王居家的"王记豆腐店"却显得气象兴旺。磨浆的磨子、卖浆的锅、吊浆的布兜，都干干净净。盛豆腐的木格刷洗得露出木丝。什么东西都好像是新置的。王居的父亲精精神神，母亲也是随时都是光梳头，净洗脸，衣履整齐。王家做出来的豆腐比别家的白、细，百叶薄如高丽纸，豆腐皮无一张破损。"王记"豆腐方干齐整紧细，有韧性，切"干丝"最好，北城几家茶馆，五柳园、小蓬莱、胡小楼，常年到"王记"买豆腐干。因此街邻们议论：小买卖发大财。

　　一个豆腐店，"发"也发不到哪里去。但是王居小学毕业后读了初中。我们同了九年学。王居上了初中，还是改不了他那老毛病，齐步走，一顺边。

　　王居初中毕业后，是否升学读了高中，我就不清楚了。

市井冷暖

榆

树

　　侉奶奶住到这里一定已经好多年了，她种的八棵榆树已经很大了。

　　这地方把徐州以北说话带山东口音的人都叫作侉子。这县里有不少侉子。他们大都住在运河堤下，拉纤，推独轮车运货（运得最多的是河工所用石头），碾石头粉（石头碾细，供修大船的和麻丝桐油和在一起填塞船缝），烙锅盔（这种干厚棒硬的面饼也主要是卖给侉子吃），卖牛杂碎汤（本地人也有专门跑到运河堤上去尝尝这种异味的）……

　　侉奶奶想必本是一个侉子的家属，她应当有过一个丈夫，一个侉老爹。她的丈夫哪里去了呢？死了，还是"贩了桃子"——扔下她跑了？不知道。她丈夫姓什么？她姓什么？很少人知道。大家都叫她侉奶奶。大人、小孩，穷苦人、有

钱的，都这样叫。倒好像她就姓侉似的。

侉奶奶怎么会住到这样一个地方来呢？（这附近住的都是本地人，没有另外一家侉子）她是哪年搬来的呢？你问附近的住户，他们都回答不出，只是说："啊，她一直就在这里住。"好像自从盘古开天地，这里就有一个侉奶奶。

侉奶奶住在一个巷子的外面。这巷口有一座门，大概就是所谓里门。出里门，有一条砖铺的街，伸向越塘，转过螺蛳坝，奔臭河边，是所谓后街。后街边有人家。侉奶奶却又住在后街以外。巷口外，后街边，有一条很宽的阴沟，正街的阴沟水都流到这里，水色深黑，发出各种气味，蓝靛的气味、豆腐水的气味、做草纸的纸浆气味。不知道为什么，闻到这些气味，叫人感到忧郁。经常有乡下人，用一个接了长柄的洋铁罐，把阴沟水一罐一罐刮起来，倒在木桶里（这是很好的肥料），刮得沟底嘎啦嘎啦地响。跳过这条大阴沟，有一片空地。侉奶奶就住在这片空地里。

侉奶奶的家是两间草房。独门独户，四边不靠人家，孤零零的。她家的后面，是一带围墙。围墙里面，是一家香店的作坊，香店老板姓杨。香是像压饸饹似的挤出来的。挤的时候还会发出"蓬——"的一声。侉奶奶没有去看过师傅做香，不明白这声音是怎样弄出来的。但是她从早到晚就一直听着这种很深沉的声音。隔几分钟一声，"蓬——蓬——蓬"。围墙有个门，从门口往里看，便可看到一扇一扇像铁纱窗似的晒香的棕棚子，上面整整齐齐平铺着两排黄色的线香。侉奶奶门前，一眼望去，有一个海潮庵。原来不知是住和尚还是住尼姑的，多年来没有人住，废了。再往前，便是从越塘流下来的一条河。河上有一座小桥。侉奶奶家的左右都是空地。左边长了很高的草。右边是侉奶奶种的八棵榆树。

侉奶奶靠给人家纳鞋底过日子。附近几条巷子的人家都来找她，拿了旧布（间或也有新布），袼褙（本地叫作"骨子"）和一张纸剪的鞋底样。侉奶奶就按底样把旧布、袼褙剪好，

"做"—"做"（粗缝几针），然后就坐在门口小板凳上纳。扎一锥子，纳一针，"哧啦——哧啦"。有时把锥子插在头发里"光"—"光"（读去声）。俫奶奶手劲很大，纳的针脚很紧，她纳的底子很结实，大家都愿找她纳。也不讲个价钱。给多，给少，她从不争。多少人穿过她纳的鞋底啊！

　　俫奶奶一清早就坐在门口纳鞋底。她不点灯。灯碗是有一个的，房顶上也挂着一束灯草。但是灯碗是干的，那束灯草都发黄了。她睡得早，天上一见星星，她就睡了。起得也早。别人家的烟筒才冒出烧早饭的炊烟，俫奶奶已经纳好半只鞋底。除了下雨下雪，她很少在屋里（她那屋里很黑），整天都坐在门外扎锥子，抽麻线。有时眼酸了，手困了，就停下来四面看看。

　　正街上有一家豆腐店，有一头牵磨的驴。每天上下午，豆腐店的一个孩子总牵驴到俫奶奶的榆树下打滚。驴乏了，一滚，再滚，总是翻不过去。滚了四五回，哎，翻过去了。驴打着响鼻，浑身都轻松了。俫奶奶原来直替这驴在心里攒劲；驴翻过了，俫奶奶也替它觉得轻松。

　　街上的，巷子里的孩子常上俫奶奶门前的空地上来玩。他们在草窝里捉蚂蚱，捉油葫芦。捉到了，就拿给俫奶奶看。"俫奶奶，你看！大不大？"俫奶奶必很认真地看一看，说：

"大。真大！"孩子玩一回，又转到别处去玩了，或沿河走下去，或过桥到对岸远远的一个道士观去看放生的乌龟。孩子的妈妈有时来找孩子（或家里来了亲戚，或做得了一件新衣要他回家试试），就问侉奶奶："看见我家毛毛了么？"侉奶奶就说："看见咧，往东咧。"或"看见咧，过河咧。"……

侉奶奶吃得真是苦。她一年到头喝粥。三顿都是粥。平常是她到米店买了最糙最糙的米来煮。逢到粥厂放粥（这粥厂是官办的，门口还挂一块牌：××县粥厂），她就提了一个"橖子"（小水桶）去打粥。这一天，她就自己不开火仓了，喝这粥。粥厂里打来的粥比侉奶奶自己煮的要白得多。侉奶奶也吃菜。她的"菜"是她自己腌的红胡萝卜。啊呀，那叫咸，比盐还咸，咸得发苦！——不信你去尝一口看！

只有她的侄儿来的那一天，才变一变花样。

侉奶奶有一个亲人，是她的侄儿。过继给她了，也可说是她的儿子。名字只有一个字，叫个"牛"。牛在运河堤上卖力气，也拉纤，也推车，也碾石头。他隔个十天半月来看看他的过继的娘。他的家口多，不能给娘带什么，只带了三斤重的一块锅盔。娘看见牛来了，就上街，到卖熏烧的王二的摊子上切二百钱猪头肉，用半张荷叶托着。另外，还忘不了买几根大葱，半碗酱。娘俩就结结实实地吃了一顿山东饱饭。

　　侉奶奶的八棵榆树一年一年地长大了。香店的杨老板几次托甲长丁裁缝来探过侉奶奶的口风，问她卖不卖。榆皮，是做香的原料。——这种事由买主亲自出面，总不合适。老街旧邻的。总得有个居间的人出来说话。这样要价、还价，才有余地。丁裁缝来一趟，侉奶奶总是说："树还小咧，叫它再长长。"

　　人们私下议论：侉奶奶不卖榆树，她是指着它当棺材本哪。

　　榆树一年一年地长。侉奶奶一年一年地活着，一年一年地纳鞋底。

　　侉奶奶的生活实在是平淡之至。除了看驴打滚，看孩子捉蚂蚱、捉油葫芦，还有些什么值得一提的事呢？——这些捉蚂蚱的孩子一年比一年大。侉奶奶纳他们穿的鞋底，尺码一年比一年放出来了。

　　值得一提的有：

　　有一年，杨家香店的作坊接连着了三次火，查不出起火原因。人说这是"狐火"，是狐狸用尾巴蹭出来的。于是在香店作坊的墙外盖了一个三尺高的"狐仙庙"，常常有人来烧香。着火的时候，满天通红，乌鸦乱飞乱叫，火光照着侉奶奶的八棵榆树也是通红的，像是火树一样。

有一天，不知怎么发现了海潮庵里藏着一窝土匪。地方保安队来捉他们。里面往外打枪，外面往里打枪，乒乒乓乓。最后是有人献计用火攻，——在庵外墙根堆了稻草，放火烧！土匪吃不住劲，只好把枪丢出，举着手出来就擒了。海潮庵就在侉奶奶家前面不远，两边开仗的情形，她看得清清楚楚。她很奇怪，离得这么近，她怎么就不知道庵里藏着土匪呢？

这些，使侉奶奶留下深刻印象，然而与她的生活无关。

使她的生活发生一点变化的是：——

有一个乡下人赶了一头牛进城，牛老了，他要把它卖给屠宰场去。这牛走到越塘边，说什么也不肯走了，跪着，眼睛里叭哒叭哒直往下掉泪。围了好些人看。有人报给甲长

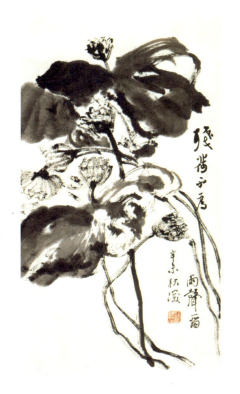

丁裁缝。这是发生在本甲之内的事，丁甲长要是不管，将为人神不喜。他出面求告了几家吃斋念佛的老太太，凑了牛价，把这头老牛买了下来，作为老太太们的放生牛。这牛谁来养呢？大家都觉得交侉奶奶养合适。丁甲长对侉奶奶说，这是一甲人信得过她，侉奶奶就答应下了。这养老牛还有一笔基金（牛总要吃点干草呀），就交给侉奶奶放印子。从此侉奶奶就多了几件事：早起把牛放出来，尽它到草地上去吃青草。青草没有了，就喂它吃干草。一早一晚，牵到河边去饮。傍晚拿了收印子钱的摺子，沿街串乡去收印子。晚上，牛就和她睡在一个屋里。牛卧着，安安静静地倒嚼，侉奶奶可觉得比往常累得多。她觉得骨头疼，半夜了，还没有睡着。

不到半年，这头牛老死了。侉奶奶把放印子的摺子交还丁甲长，还是整天坐在门外纳鞋底。

牛一死，侉奶奶也像老了好多。她时常病病歪歪的，连粥都不想吃，在她的黑洞洞的草屋里躺着。有时出来坐坐，扶着门框往外走。

一天夜里下大雨。瓢泼大雨不停地下了一夜。很多人家都进了水。丁裁缝怕侉奶奶家也进了水了，她屋外的榆树都浸在水里了。他赤着脚走过去，推开侉奶奶的门一看：侉奶奶死了。

丁裁缝派人把她的侄子牛叫了来。

得给侉奶奶办后事呀。侉奶奶没有留下什么钱，牛也拿不出钱，只有卖榆树。

丁甲长找到杨老板。杨老板倒很仁义，说是先不忙谈榆树的事，这都好说，由他先垫出一笔钱来，给侉奶奶买一身老衣，一副杉木棺材，把侉奶奶埋了。

侉奶奶安葬以后，榆树生意也就谈妥了。杨老板雇了人来，咯嚓咯嚓，把八棵榆树都放倒了。新锯倒的榆树，发出很浓的香味。

杨老板把八棵榆树的树皮剥了，把树干卖给了木器店。据人了解，他卖的八棵树干的钱就比他垫出和付给牛的钱还要多。他等于白得了八张榆树皮，又捞了一笔钱。

陈泥鳅

　　邻近几个县的人都说我们县的人是黑屁股。气得我的一个姓孙的同学，有一次当着很多人褪下了裤子让人看："你们看！黑吗？"我们当然都不是黑屁股。黑屁股指的是一种救生船。这种船专在大风大浪的湖水中救人、救船，因为船尾涂成黑色，所以叫作黑屁股。说的是船，不是人。

　　陈泥鳅就是这种救生船上的一个水手。

　　他水性极好，不愧是条泥鳅。运河有一段叫清水潭。因为民国十年、民国二十年都曾在这里决口，把河底淘成了一个大潭。据说这里的水深，三篙子都打不到底。行船到这里，不能撑篙，只能荡桨。水流也很急，水面上拧着一个一个旋涡。从来没有人敢在这里游水。陈泥鳅有一次和人打赌，一气游了个来回。当中有一截，他半天不露脑袋，半天半天，岸上的人以为他沉了底，想不到一会，他笑嘻嘻地爬上岸来了！

他在通湖桥下住。非遇风浪险恶时，救生船一般是不出动的。他看看天色，知道湖里不会出什么事，就待在家里。

他也好义，也好利。湖里大船出事，下水救人，这时是不能计较报酬的。有一次一只装豆子的船在琵琶闸炸了，炸得粉碎。事后知道，是因为船底有一道小缝漏水，水把豆子浸湿了，豆子吃了水，突然间一齐膨胀起来，"砰"的一声把船撑炸了——那力量是非常之大的。船碎了，人掉在水里。这时跳下水救人，能要钱么？民国二十年，运河决口，陈泥鳅在激浪里救起了很多人。被救起的都已经是家破人亡，一无所有了，陈泥鳅连人家的姓名都没有问，更谈不上要什么酬谢了。在活人身上，他不能讨价；在死人身上，他却是不少要钱的。

人淹死了，尸首找不着。事主家里一不愿等尸首泡涨漂上来，二不愿尸首被"四水捞子"钩得稀烂八糟，这时就会来找陈泥鳅。陈泥鳅不但水性好，且在水中能开眼见物。他就在出事地点附近，察看水流风向，然后一个猛子扎下去，潜入水底，伸手摸触。几个猛子之后，他准能把一个死尸托上来。不过得事先讲明，捞上来给多少酒钱，他才下去。有

时讨价还价，得磨半天。陈泥鳅不着急，人反正已经死了，让他在水底多待一会没事。

陈泥鳅一辈子没少挣钱，但是他不置产业，一个积蓄也没有。他花钱很撒漫，有钱就喝酒尿了，赌钱输了。有的时候，也偷偷地周济一些孤寡老人，但嘱咐千万不要说出去。他也不娶老婆。有人劝他成个家，他说："瓦罐不离井上破，大将难免阵头亡。淹死会水的。我见天跟水闹着玩，不定哪天龙王爷就把我请了去。留下孤儿寡妇，我死在阴间也不踏实。这样多好，吃饱了一家子不饥，无牵无挂！"

通湖桥桥洞里发现了一具女尸。怎么知道是女尸？她的长头发在洞口外飘动着。行人报了乡约，乡约报了保长，保长报到地方公益会。桥上桥下，围了一些人看。通湖桥是直通运河大闸的一道桥，运河的水由桥下流进澄子河。这座桥的桥洞很高，洞身也很长，但是很狭窄，只有人的肩膀那样宽。桥以西，桥以东，水面落差很大，水势很急，翻花卷浪，老远就听见訇訇的水声，像打雷一样。大家研究，这女尸一定是从大闸闸口冲下来的，不知怎么会卡在桥洞里了。不能就让她这么在桥洞里堵着。可是谁也想不出办法，谁也不敢下去。

去找陈泥鳅。

　　陈泥鳅来了，看了看。他知道桥洞里有一块石头，突出一个尖角（他小时候老在洞里钻来钻去，对洞里每一块石头都熟悉）。这女人大概是身上衣服在这个尖角上绊住了。这也是个巧劲儿，要不，这样猛的水流，早把她冲出来了。

　　"十块现大洋，我把她弄出来。"

　　"十块？"公益会的人吃了一惊，"你要得太多了！"

　　"是多了点。我有急用。这是玩命的事！我得从桥洞西口顺水窜进桥洞，一下子把她拨拉动了，就算成了。就这一下。一下子拨拉不动，我就会塞在桥洞里，再也出不来了！你们也都知道，桥洞只有肩膀宽，没法转身。水流这样急，退不出来。那我就只好陪着她了。"

　　大家都说："十块就十块吧！这是砂锅捣蒜，一锤子！"

　　陈泥鳅把浑身衣服脱得光光的，道了一声"对不起了！"纵身入水，顺着水流，笔直地窜进了桥洞。大家都捏着一把汗。只听见欻地一声，女尸冲出来了。接着陈泥鳅从东面洞口凌空窜进了水面。大家伙发了一声喊："好水性！"

　　陈泥鳅跳上岸来，穿了衣服，拿了十块钱，说了声"得罪得罪！"转身就走。

　　大家以为他又是进赌场、进酒店了。没有，他径直地走进陈五奶奶家里。

陈五奶奶守寡多年。她有个儿子，去年死了，儿媳妇改了嫁，留下一个孩子。陈五奶奶就守着小孙子过，日子很折皱。这孩子得了急惊风，浑身滚烫，鼻翅扇动，四肢抽搐，陈五奶奶正急得两眼发直。陈泥鳅把十块钱交在她手里，说："赶紧先到万全堂，磨一点羚羊角，给孩子喝了，再抱到王淡人那里看看！"

说着抱了孩子，拉了陈五奶奶就走。

陈五奶奶也不知哪里来的劲，跟着他一同走得飞快。

一九八三年八月一日急就

捡烂纸的老头

烤肉刘早就不卖烤肉了，不过虎坊桥一带的人都还叫它烤肉刘。这是一家平民化的回民馆子，地方不小，东西实惠，卖大锅菜。炒辣豆腐、炒豆角、炒蒜苗、炒洋白菜，比较贵一点是黄焖羊肉，也就是块儿来钱一小碗。在后面做得了，用脸盆端出来，倒在几个深深的铁罐里，下面用微火煨着，倒总是温和的。有时也卖小勺炒菜：大葱炮羊肉，干炸丸子，它似蜜……主食有米饭、花卷、芝麻烧饼、罗丝转。卖面条，浇炸酱、浇卤。夏天卖麻酱面。卖馅儿饼。烙饼的炉紧挨着门脸儿，一进门就听到饼铛里的油吱吱喳喳地响，饼香扑鼻，很诱人。

烤肉刘的买卖不错，一到饭口，尤其是中午，人总是满的。附近有几个小工厂，厂里没有食堂，烤肉刘就是他们的

食堂。工人们都在壮年，能吃，馅饼至少得来五个（半斤），一瓶啤酒，二两白的。女工多半是拿一个饭盒来，买馅饼，或炒豆腐、花卷，带到车间里去吃。有一些退休的职工，不爱吃家里的饭，爱上烤肉刘来吃"野食"，想吃什么要点什么。有一个文质彬彬的主儿，原来当会计，他每天都到烤肉刘这儿来，他和家里人说定，每天两块钱的"挑费"，都扔在这儿。有一个煤站的副经理，现在也还参加劳动，手指甲缝都是黑的，他在烤肉刘吃了十来年了。他来了，没座位，服务员即刻从后面把他们自己坐的凳子提出一张来，把他安排在一个旮旯里。有炮肉，他总是来一盘炮肉，仨烧饼，二两酒。给他炮的这一盘肉，

够别人的两盘，因为烤肉刘指着他保证用煤。这些，都是老主顾。还有一些流动客人，东北的，山西的，保定的，石家庄的。大包小包，五颜六色。男人用手指甲剔牙，女人敞开怀喂奶。

有一个人是每天必到的，午晚两餐，都在这里。这条街上的人都认识他，是个捡烂纸的。他穿得很破烂，总是一件油乎乎的烂棉袄，腰里系一根烂麻绳，没有衬衣，脸上说不清是什么颜色，好像是浅黄的。说不清有多大岁数，六十几？七十岁？一嘴牙七长八短，残缺不全。你吃点软和的花卷、面条，不好么？不，他总是要三个烧饼，歪着脑袋努力地啃啮。烧饼吃完，站起身子，找一个别人用过的碗（他可不在乎这个），自言自语："跟他们寻一口面汤。"喝了面汤，"回见！"没人理他，因为不知道他是向谁说的。

一天，他和几个小伙子一桌，一个小伙子看了他一眼，跟同伴小声说了句什么。他多了心："你说谁哪？"小伙子没有理他，他放下烧饼，跳到店堂当间："出来！出来！"这是要打架。北京人过去打架，都到当街去打，不在店铺里打，免得损坏人家的东西搅了人家的买卖。"出来！出来！"是叫阵。没人劝。压根儿就没人注意他。打架？这么个糟老头子？这老头可真是糟，从里糟到外。这几个小

伙子，随便哪一个，出去一拳准把他揍趴下。小伙子们看看他，不理他。

这么个糟老头子想打架，是真的吗？他会打架吗？年轻的时候打过架吗？看样子，他没打过架，他哪里是耍胳膊的人哪！他这是干什么？虚张声势？也说不上，无声势可言。没有人把他当一回事。

没人理他，他悻悻地回到座位上，把没吃完的烧饼很费劲地啃完了。情绪已经平复下来——本来也没有多大情绪。"跟他们寻口汤去。"喝了两口面汤，"回见！"

有几天没看见捡烂纸的老头了，听煤站的副经理说，他死了。死后，在他的破席子底下发现了八千多块钱，一沓一沓，用麻筋捆得很整齐。

他攒下这些钱干什么？

安乐居

安乐居是一家小饭馆，挨着安乐林。

安乐林围墙上开了个月亮门，门头砖额上刻着三个经石峪体的大字，像那么回事。走进去，只有巴掌大的一块地方，有几十棵杨树。当中种了两棵丁香花，一棵白丁香，一棵紫丁香，这就是仅有的观赏植物了。这个林是没有什么逛头的，在林子里走一圈，五分钟就够了。附近一带养鸟的爱到这里来挂鸟。他们养的都是小鸟，红子居多，也有黄雀。大个的鸟，画眉、百灵是极少的。他们不像那些以养鸟为生活中第一大事的行家，照他们的说法是"瞎玩儿"。他们不养大鸟，觉得那太费事，"是它玩我，还是我玩它呀？"把鸟一挂，他们就蹲在地下说话儿，——也有自己带个马扎儿来坐着的。

这么一片小树林子，名声却不小，附近几条胡同都是依

此命名的。安乐林头条、安乐林二条……这个小饭馆叫作安乐居，挺合适。

安乐居不卖米饭炒菜。主食是包子、花卷。每天卖得不少，一半是附近的居民买回去的。这家饭馆其实叫个小酒铺更合适些。到这儿来的喝酒比吃饭的多。这家的酒只有一毛三分一两的。北京人喝酒，大致可以分为几个层次：喝一毛三的是一个层次，喝二锅头的是一个层次，喝红粮大曲、华灯大曲乃至衡水老白干的是一个层次，喝八大名酒是高层次，喝茅台的是最高层次。安乐居的"酒座"大都是属于一毛三层次，即最低层次的。他们有时也喝二锅头，但对二锅头颇有意见，觉得还不如一毛三的。一毛三，他们喝"服"了，觉得喝起来"顺"。他们有人甚至觉得大曲的味道不能容忍。安乐居天热的时候也卖散啤酒。

酒菜不少。煮花生豆、炸花生豆。暴腌鸡子。拌粉皮。猪头肉，——单要耳朵也成，都是熟人了！猪蹄，偶有猪尾巴，一忽的工夫就卖完了。也有时卖烧鸡、酱鸭、切块。最受欢迎的是兔头。一个酱兔头，三四毛钱，至多也就是五毛多钱，喝二两酒，够了。——这还是一年多以前的事，现在如果还有兔头，也该涨价了。这些酒客们吃兔头是有一定章法的，先掰哪儿，后掰哪儿，最后磕开脑绷骨，把兔脑掏出来吃掉。没有抓起来乱啃的。吃得非常干净，连一丝肉都不剩。安乐居每年卖出的兔头真不老少。这个小饭馆大可另挂一块招牌："兔头酒家"。

酒客进门，都有准时候。

头一个进来的总是老吕。安乐居十点才开门。一开门，老吕就进来。他总是坐在靠窗户一张桌子的东头的座位。一年三百六十五天，天天如此。这成了他的专座。他不是像一般人似的"垂足而坐"，而是一条腿盘着，一条腿曲着，像老太太坐炕似的踞坐在一张方凳上，——脱了鞋。他不喝安乐居的一毛三，总是自己带了酒来，用一个扁长的瓶子，一瓶子装三两。酒杯也是自备的。他是喝慢酒的，三两酒从十点半一直喝到十二点差一刻："我喝不来急酒。有人结婚，他们闹酒，我就一口也不喝，——回家自己再喝！"一边喝酒，吃兔头，一边不住地抽关东烟。他的烟袋如果丢了，有人捡到，一定会送还给他的。谁都认得：这是老吕的。白铜锅儿，白铜嘴儿，紫铜杆儿。他抽烟也抽得慢条斯理的，从不大口猛吸。这人整个儿是个慢性子。说话也慢。他也爱说话，但是他说一个什么事都只是客观地叙述，不大参加自己的意见，不动感情。一块喝酒的买了兔头，常要发一点感慨："那会儿，兔头，五分钱一个，还带俩耳朵！"老吕说："那是多

会儿？——说那个，没用！有兔头，就不错。"西头有一家姓
屠的，一家子都很浑愣，爱打架。屠老头儿到永春饭馆去喝
酒，和服务员吵起来了，伸手就揪人家脖领子。服务员一胳
臂把他搡开了。他憋了一肚子气。回去跟儿子一说。他儿子
二话没说，捡了块砖头，到了永春，一砖头就把服务员脑袋
开了！结果：儿子抓进去了，屠老头还得负责人家的医药费。
这件事老吕亲眼目睹。一块喝酒的问起，他详详细细叙述了
全过程。坐在他对面的老聂听了，说：

"该！"

坐在里面犄角的老王说：

"这是什么买卖！"

老吕只是很平静地说："这回大概得老实两天。"

老吕在小红门一家木材厂下夜看门。每天骑车去，路上
得走四十分钟。他想往近处挪挪，没有合适的地方，他说：
"算了！远就远点吧。"

他在木材厂喂了一条狗。他每天来喝酒，都带了一个塑
料口袋，安乐居的顾客有吃剩的包子皮，碎骨头，他都捡起
来，给狗带去。

头几天，有人要给他说一个后老伴，——他原先的老伴
死了有二年多了。这事他的酒友都知道，知道他已经考虑了

几天了，问起他："成了吗？"老吕说："——不说了。"他说的时候神情很轻松，好像解决了一个什么难题。他的酒友也替他感到轻松。他们几乎异口同声地说：

"不说了？——不说了好！添乱！"

老吕于是慢慢地喝酒，慢慢地抽烟。

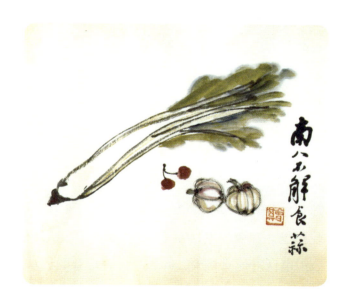

比老吕稍晚进店的是老聂。老聂总是坐在老吕的对面。老聂有个小毛病，说话爱眨巴眼。凡是说话爱眨眼的人，脾气都比较急。他喝酒也快，不像老吕一口一口地抿。老聂每

次喝一两半酒，多一口也不喝。有人强往他酒碗里倒一点，他拿起酒碗就倒在地下。他来了，搁了一个小提包，转身骑车就去"奔"酒菜去了。他"奔"来的酒菜大都是羊肝、沙肝。这是为他的猫"奔"的，——他当然也吃点。他喂着一只小猫。"这猫可仁义！我一回去，它就在你身上蹭——蹭！"他爱吃豆制品。熏干、鸡腿、麻辣丝……小葱下来的时候，他常常用铝饭盒装来一些小葱拌豆腐。有一回他装来整整两饭盒腌香椿。"来吧！"他招呼全店酒友。"你哪来这么多香椿？——这得不少钱！"——"没花钱！乡下的亲家带来的。我们家没人爱吃。"于是酒友们一人抓了一撮。剩下的，他都给了老吕。"吃完了，给我把饭盒带来！"一口把余酒喝净，退了杯，"回见！"出门上车，吱溜——没影儿了。

老聂原是做小买卖的。他在天津三不管卖过相当长时期炒肝。现在退休在家。电话局看中他家所在的"点"，想在他家安公用电话。他嫌钱少，麻烦。挨着他家的汽水厂工会愿意每月贴给他三十块钱，把厂里职工的电话包了。他还在犹豫。酒友们给他参谋："行了！电话局每月给钱，汽水厂三十，加上传电话、送电话，不少！坐在家里拿钱，哪儿找这么好的事去！"他一想：也是！

老聂的日子比过去"滋润"了，但是他每顿还是只喝一两半酒，多一口也不喝。

画家来了。画家风度翩翩，梳着长长的背发，永远一丝不乱。衣着入时而且合体。春秋天人造革猎服，冬天羽绒服。——他从来不戴帽子。这样的一表人才，安乐居少见。他在文化馆工作，算个知识分子，但对人很客气，彬彬有礼。他这喝酒真是别具一格：二两酒，一扬脖子，一口气，下去了。这种喝法，叫作"大车酒"，过去赶大车的这么喝。西直门外还管这叫"骆驼酒"，赶骆驼的这么喝。文墨人，这样喝法的，少有。他和老王过去是街坊。喝了酒，总要走过去说几句话。"我给您添点儿？"老王摆摆手，画家直起身来，向在座的酒友又都点了点头，走了。

我问过老王和老聂："他的画怎么样？"

"没见过。"

上海老头来了。上海老头久住北京，但是口音未变。他的话很特别，在地道的上海话里往往掺杂一些北京语汇："没门儿！""敢情！"甚至用一些北京的歇后语："那么好！武大郎盘杠子——上下够不着！"他把这些北京语汇、歇后语一律上海话化了，北京字眼，上海语音，挺绝。上海老头家里挺不错，但是他爱在外面逛，在小酒馆喝酒。

"外面吃酒，——香！"

　　他从提包里摸出一个小饭盒，里面有一双截短了的筷子、多半块熏鱼、几只油爆虾、两块豆腐干。要了一两酒，用手纸擦擦筷子，吸了一口酒。

　　"您大概又是在别处已经喝了吧？"

　　"啊！我们吃酒格人，好比天上飞格一只鸟（读如'屌'），格小酒馆，好比地上一棵树。鸟飞在天上，看到树，总要落一落格。"

　　如此妙喻，我未之前闻，真是长了见识！

　　这只鸟喝完酒，收好筷子，盖好小饭盒，拎起提包，要飞了：

　　"晏歇会！——明儿见！"

　　他走了，老王问我："他说什么？喝酒的都是屌？"

　　安乐居喝酒的都很有节制，很少有人喝过量的。也喝得很斯文，没有喝了酒胡咧咧的。只有一个人例外。这人是个瘸子，左腿短一截，走路时左脚跟着不了地，一晃一晃的。他自己说他原来是"勤行"——厨子，煎炒烹炸，南甜北咸，东辣西酸。说他能用两个鸡蛋打三碗汤，鸡蛋都得成片儿！但我没有再听到他还有什么特别的手艺，好像他的绝技只是两个鸡蛋打三碗汤。以这样的手艺自豪，至多也只能是一个"二荤铺"的"二把刀"。——"二荤铺"不卖鸡鸭鱼，什么菜都只是"肉上找",——炒肉丝、熘肉片、扒肉条……他现在在汽水厂当杂工,每天蹬平板三轮出去送汽水。这辆平板归他用,他就半公半私地拉一点生意。口袋里一有钱,就喝。外边喝了,回家还喝;家里喝了,外面还喝。有一回喝醉了,摔在黄土坑胡同口,脑袋碰在一块石头上,流了好些血。过两天,又来喝了。我问他:"听说你摔了?"他把后脑勺伸过来,挺大一个口子。"唔!唔!"他不觉得这有什么丢脸,好像还挺光彩。他老婆早上在马路上扫街,挺好看的。有两个金牙,白天穿得挺讲究,色儿都是时兴的,走起路来扭腰拧胯,咳,挺是样儿。安乐居的熟人都替她惋惜:"怎么嫁了这么个主儿!——她对瘸子还挺好!"有一回瘸子刚要了一两酒,他媳妇赶到安乐居来了,夺过他的酒碗,顺手就泼在了地上:"走!"拽住瘸子就往外走,回头向喝酒的熟人解释:"他在家里喝了三两了,出来又喝!"瘸子也不生气,也不发作,也不觉有什么难堪,乖乖地一摇一晃地家去了。

　　瘸子喝酒爱说。老是那一套,没人听他的。他一个人说。前言不搭后语,当中夹杂了很多"唔唔唔":

　　"……宝三,宝善廷,唔唔唔,知道吗?宝三摔跤,唔唔唔。宝三的跤场在哪儿?知道吗?唔唔唔。大金牙、小金牙,唔唔唔。侯宝林。侯宝林是云里飞的徒弟,唔唔唔。《逍

遥律》，'欺寡人'——'七挂人'，唔唔唔。干吗老是'七挂人'？'七挂人'唔唔唔。天津人讲话：'嘛事你啦？'唔唔唔。二娃子，你可不咋着！唔唔唔……"

喝酒的对他这一套已经听惯了，他爱说让他说去吧！只有老聂有时给他两句：

"老是那一套，你贫不贫？有新鲜的没有？你对天桥熟，天桥四大名山，你知道吗？"

瘸子爱管闲事。有一回，在李村胡同里，一个市容检查员要罚一个卖花盆的款，他插进去了："你干吗罚他？他一个卖花盆的，又不脏，又没有气味，'污染'，他'污染'什么啦？罚了款，你们好多拿奖金？你想钱想疯了！卖花盆的，大老远地推一车花盆，不容易！"他对卖花盆的说："你走，有什么话叫他朝我说！"很奇怪，他跟人辩理的时候话说得很明快，也没有那么多"唔唔唔"。

第二天，有人问起，他又把这档事从头至尾学说了一遍，有声有色。

老聂说："瘸子，你这回算办了件人事！"

"我净办人事！"

喝了几口酒，又来了他那一套：

"宝三，宝善廷，知道吗？唔唔唔……"

老吕、老聂都说:"又来了!这人,不经夸!"

"四大名山?"我问老王:

"天桥哪儿有个四大名山?"

"咳!四块石头。永定门外头过去有那么一座小桥,——后来拆了。桥头一边有两块石头,这就叫'四大名山'。你要问老人们,这永定门一带景致多哩!这会儿都没有人知道了。"

老王养鸟,红子。他每天沿天坛根遛早,一手提一只鸟笼,有时还架着一只。他把架棍插在后脖领里。吃完早点,把鸟挂在安乐林,聊会天,大约十点三刻,到安乐居。他总是坐在把角靠墙的座位。把鸟笼放好,架棍插在老地方,打酒。除了有兔头,他一般不吃荤菜,或带一条黄瓜,或一个西红柿、一个橘子、一个苹果。老王话不多,但是有时打开话匣子,也能聊一气。

我跟他聊了几回,知道:

他原先是扛包的。

"我们这一行,不在三百六十行之内。三百六十行,没这一行!"

"你们这一行没有祖师爷?"

"没有!"

"有没有传授？"

"没有！不像给人搬家的，躺箱、立柜、八仙桌、桌子上还常带着茶壶茶碗自鸣钟，扛起来就走，不带磕着碰着一点的，那叫技术！我们这一行，有力气就行！"

"都扛什么？"

"什么都扛，主要是粮食。顶不好扛的是盐包，——包硬，支支棱棱的，硌。不随体。扛起来不得劲儿。扛包，扛个几天就会了。要说窍门，也有。一包粮食，一百多斤，搁在肩膀上，先得颠两下。一颠，哎，包跟人就合了槽了，合适了！扛熟了的，也能换换样儿。跟递包的一说：'您跟我立一个！'哎，立一个！"

"竖着扛？"

"竖着扛。您给我'搭'一个！"

"斜搭着？"

"斜搭着。"

"你们那会拿工资？计件？"

"不拿工资，也不是计件。有把头——"

"把头，把头不是都是坏人吗？封建把头嘛！"

"也不是！他自己也扛，扛得少点，把头接了一批活：'哥几个！就这一堆活，多会扛完了多会算。'每天晚半晌，先生结账，该多少多少钱。都一样。有临时有点事的，觉得身上不大合适的，半路地儿要走，您走！这一天没您的钱。"

"能混饱了？"

"能！那会吃得多！早晨起来，半斤猪头肉，一斤烙饼。中午，一样。每天每。晚半晌吃得少点。半斤饼，喝点稀的，喝一口酒。齐啦。——就怕下雨。赶上连阴天，惨啰：没活儿。怎么办呢，拿着面口袋，到一家熟粮店去：'掌柜的！''来啦！几斤？'告诉他几斤几斤，'接着！'没的说。赶天好了，拿了钱，赶紧给人家送回去。为人在世，讲信用：家里揭不开锅的时候，少！……

"……三年自然灾害，可把我饿惨了。浑身都膀了。两条腿，棉花条。别说一百多斤，十来多斤，我也扛不动。我们家还有一辆自行车，凤凰牌，九成新。我妈跟我爸说：'卖了吧，给孩子来一顿！'丰泽园！我叫了三个扒肉条，喝了半斤酒，开了十五个馒头，——馒头二两一个，三斤！我妈直害怕：'别撑死了哇！'……"

"您现在每天还能吃……？"

"一斤粮食。"

"退休了？"

"早退了！——后来我们归了集体。干我们这行的，

四十五就退休，没有过四十五的。现在打包的也没有了，都改了传送带。"

老王现在每天夜晚在一个幼儿园看门。

"没事儿！扫扫院子，归置归置，下水道不通了，——通通！活动活动。老待着干吗呀，又没病！"

老王走道低着脑袋，上身微微往前倾，两腿叉得很开，步子慢而稳，还看得出有当年扛包的痕迹。

这天，安乐居来了三个小伙子：长头发、小胡子、大花衬衫、苹果牌牛仔裤、尖头高跟大盖鞋，变色眼镜。进门一看："嗨，有兔头！"——他们是冲着兔头来了。这三位要了十个兔头、三个猪蹄、一只鸭子、三盘包子，自己带来八瓶青岛啤酒，一边抽着"万宝乐"，一边吃喝起来。安乐林喝酒的老酒座都瞟了他们一眼。三位吃喝了一阵，把筷子一挥，走了。都骑的是亚马哈。嘟嘟嘟……桌子上一堆碎骨头、咬了一口的包子皮，还有一盘没动过的包子。

老王看着那盘包子，撇了撇嘴：

"这是什么买卖！"

这是老王的口头语。凡是他不以为然的事，就说"这是什么买卖！"

老王有两个鸟友，也是酒友。都是老街坊，原先在一个院里住。这二位现在都够万元户。

　　一个是佟秀轩，是裱字画的。按时下的价目，裱一个单条：14—16元。他每天总可以裱个五六幅。这二年，家家都又愿意挂两条字画了。尤其是退休老干部。他们收藏"时贤"字画，自己也爱写、爱画。写了、画了，还自己掏钱裱了送人。因此，佟秀轩应接不暇。他收了两个徒弟。托纸、上板、揭画，都是徒弟的事。他就管管配绫子，装轴。他每天早上遛鸟。遛完了，如果活儿忙，就把鸟挂在安乐林，请熟人看着，回家刷两刷子。到了十一点多钟，到安乐林摘了鸟笼子，到安乐居。他来了，往往要带一点家制的酒菜：炖吊子、烩

鸭血、拌肚丝儿。……佟秀轩穿得很整洁，尤其是脚下的两只鞋。他总是穿礼服呢花旗底的单鞋，圆口的，或是双脸皮梁靸鞋。这种鞋只有右安门一家高台阶的个体户能做。这个个体户原来是内联陞的师傅。

另一个是白薯大爷。他姓白，卖烤白薯。卖白薯的总有些邋遢，煤呀火呀的。白薯大爷出奇的干净。他个头很高大，两只圆圆的大眼睛，顾盼有神。他腰板绷直，甚至微微有点后仰，精神！蓝上衣，白套袖，腰系一条黑人造革的围裙，往白薯炉子后面一站，嘿！有个样儿！就说他的精神劲儿，让人相信他烤出来的白薯必定是栗子味儿的。白薯大爷卖烤白薯只卖一上午。天一亮，把白薯车子推出来，把鸟——红子，往安乐林一挂，自有熟人看着，他去卖他的白薯。到了十二点，收摊。想要吃白薯，明儿见啦您哪！摘了鸟笼，往安乐居。他喝酒不多。吃菜！他没有一颗牙了，上下牙床子光光的，但是什么都能吃，——除了铁蚕豆，吃什么都香。"烧鸡烂不烂？"——"烂！""来一只！"他买了一只鸡，撕巴撕巴，给老王来一块脯子，给酒友们让让："您来块？"别人都谢了，他一人把一只烧鸡一会的工夫全开了。"不赖，烂！"把鸡架子包起来，带回去熬白菜。"回见！"

这天，老王来了，坐着，桌上搁一瓶五星牌二锅头，看样子在等人。一会儿，佟秀轩来了，提着一瓶汾酒。

"走啊！"

"走！"

我问他们："不在这儿喝了？"

"白薯大爷请我们上他家去，来一顿！"

第二天，老王来了，我问：

"昨儿白薯大爷请你们吃什么好的了？"

"荞面条！——自己家里擀的。青椒！蒜！"

老吕、老聂一听：

"嘿！"

安乐居已经没有了。房子翻盖过了。现在那儿是一个什么贸易中心。

一九八六年七月五日晨写完

卖蚯蚓的人

我每天到玉渊潭散步。

玉渊潭有很多钓鱼的人。他们坐在水边，瞅着水面上的漂子。难得看到有人钓到一条二三寸长的鲫瓜子。很多人一坐半天，一无所得。等人、钓鱼、坐牛车，这是世间"三大慢"。这些人真有耐性。各有一好。这也是一种生活。

在钓鱼的旺季，常常可以碰见一个卖蚯蚓的人。他慢慢地蹬着一辆二六的旧自行车，有时扶着车慢慢地走着。走一截，扬声吆唤：

"蚯蚓——蚯蚓来——"

"蚯蚓——蚯蚓来——"

有的钓鱼的就从水边走上堤岸，向他买。

"怎么卖？"

"一毛钱三十条。"

来买的掏出一毛钱，他就从一个原来是装油漆的小铁桶里，用手抓出三十来条，放在一小块旧报纸里，交过去。钓鱼人有时带点解嘲意味，说：

"一毛钱，玩一上午！"

有些钓鱼的人只买五分钱。

也有人要求再添几条。

"添几条就添几条，一个这东西！"

蚯蚓这东西，泥里咕叽，原也难一条一条地数得清，用北京话说，"大概其"，就得了。

这人长得很敦实，五短身材，腹背都很宽厚。这人看起来是不会头疼脑热、感冒伤风的，而且不会有什么病能轻易地把他一下子打倒。他穿的衣服都是宽宽大大的，旧的，褪了色，而且带着泥渍，但都还整齐，并不褴褛，而且单夹皮棉，按季换衣。——皮，是说他入冬以后的早晨有时穿一件出锋毛的山羊皮背心。按照老北京人的习惯，也可能是为了便于骑车，他总是用带子扎着裤腿。脸上说不清是什么颜色，只看到风、太阳和尘土。只有有时他剃了头，刮了脸，才看到本来的肤色。新剃的头皮是雪白的，下边是一张红脸。看

起来就像是一件旧铜器在盐酸水里刷洗了一通，刚刚拿出来一样。

因为天天见，面熟了，我们碰到了总要点点头，招呼招呼，寒暄两句。

"吃啦？"

"您遛弯儿！"

有时他在钓鱼人多的岸上把车子停下来，我们就说会子话。他说他自己："我这人——爱聊。"

我问他一天能卖多少钱。

"一毛钱三十条，能卖多少！块数来钱，两块，闹好了有时能卖四块钱。"

"不少！"

"凑合吧。"

我问他这蚯蚓是哪里来的，"是挖的？"

旁边有一位钓鱼的行家说：

"是烹的。"

这个"烹"字我不知道该怎么写，只能记音。这位行家给我解释，是用蚯蚓的卵人工孵化的意思。

"蚯蚓还能'烹'？"

卖蚯蚓的人说：

"有'烹'的，我这不是，是挖的。'烹'的看得出来，身上有小毛，都是一般长。瞧我的：有长有短，有大有小，是挖的。"

我不知道蚯蚓还有这么大的学问。

"在哪儿挖的，就在这玉渊潭？"

"不！这儿没有。——不多。丰台。"

他还告诉我丰台附近的一个什么山，山根底下，那儿出蚯蚓，这座山名我没有记住。

"丰台？一趟不得三十里地？"

"我一早起蹬车去一趟，回来卖一上午。下午再去一趟。"

"那您一天得骑百十里地的车？"

"七十四了，不活动活动成吗！"

他都七十四了！真不像。不过他看起来像多少岁，我也说不上来。这人好像是没有岁数。

"您一直就是卖蚯蚓？"

"不是！我原来在建筑上，——当壮工。退休了。退休金四十几块，不够花的。"

　　我算了算，连退休金加卖蚯蚓的钱，有百十块钱，断定他一定爱喝两盅。我把手圈成一个酒杯形，问：

　　"喝两盅？"

　　"不喝。——烟酒不动！"

　　那他一个月的钱一个人花不完，大概还会贴补儿女一点。

　　"我原先也不是卖蚯蚓的。我是挖药材的。后来药材公司不收购，才改了干这个。"

　　他指给我看：

　　"这是益母草，这是车前草，这是红苋草，这是地黄，这是豨莶……这玉渊潭到处是钱！"

　　他说他能认识北京的七百多种药材。

　　"您怎么会认药材的？是家传？学的？"

　　"不是家传。有个街坊，他挖药材，我跟着他，用用心，就学会了。——这北京城，饿不死人，你只要肯动弹，肯学！你就拿晒槐米来说吧——"

　　"槐米？"我不知道槐米是什么，真是孤陋寡闻。

　　"就是没有开开的槐花骨朵，才米粒大。晒一季槐米能闹个百儿八十的。这东西外国要，不知道是干什么用，听说是酿酒。不过得会晒。晒好了，碧绿的！晒不好，只好倒进垃圾堆。——蚯蚓! ——蚯蚓来!"

我在玉渊潭散步,经常遇见的还有两位,一位姓乌,一位姓莫。乌先生在大学当讲师,莫先生是一个研究所的助理研究员。我跟他们见面也点头寒暄。他们常常发一些很有学问的议论,很深奥,至少好像是很深奥,我听不大懂。他们都是好人,不是造反派,不打人,但是我觉得他们的议论有点不着边际。他们好像是为议论而议论,不是要解决什么问题,就像那些钓鱼的人,意不在鱼,而在钓。

乌先生听了我和卖蚯蚓人的闲谈,问我:

"你为什么对这样的人那样有兴趣?"

我有点奇怪了。

"为什么不能有兴趣?"

"从价值哲学的观点来看,这样的人属于低级价值。"

莫先生不同意乌先生的意见。

"不能这样说。他的存在就是他的价值。你不能否认他的存在。"

"他存在。但是充其量,他只是我们这个社会的填充物。"

"就算是填充物,填充物也是需要的。'填充',就说明

他的存在的意义。社会结构是很复杂的，你不能否认他也是社会结构的组成部分，哪怕是极不重要的一部分。就像自然界的需要维持生态平衡，我们这个社会也需要有生态平衡。从某种意义来说，这种人也是不可缺少的。"

"我们需要的是走在时代前面的人，呼啸着前进的，身上带电的人！而这样的人是历史的遗留物。这样的人生活在现在，和生活在汉代没有什么区别，——他长得就像一个汉俑。"

我不得不承认，他对这个卖蚯蚓人的形象描绘是很准确且生动的。

乌先生接着说：

"他就像一具石磨。从出土的明器看，汉代的石磨和现在的没有什么不同。现在已经是原子时代——"

莫先生抢过话来，说：

"原子时代也还容许有汉代的石磨，石磨可以磨豆浆，——你今天早上就喝了豆浆！"

他们争执不下，转过来问我对卖蚯蚓的人的"价值""存在"有什么看法。

我说：

"我只是想了解了解他。我对所有的人都有兴趣，包括站在时代的前列的人和这个汉俑一样的卖蚯蚓的人。这样的人在北京还不少。他们的成分大概可以说是城市贫民。糊火柴盒的、捡破烂的、捞鱼虫的、晒槐米的……我对他们都有兴趣，都想了解。我要了解他们吃什么和想什么。用你们的话说，是他们的物质生活和精神生活。吃什么，我知道一点。比如这个卖蚯蚓的老人，我知道他的胃口很好，吃什么都香。他一嘴牙只有一个活动的。他的牙很短、微黄，这种牙最结实，北方叫作'碎米牙'，他说：'牙好是口里的福。'我知道他今天早上吃了四个炸油饼。他中午和晚上大概常吃炸酱面，一顿能吃半斤，就着一把小水萝卜。他大概不爱吃鱼。至于他想些什么，我就不知道了，或者知道得很少。我是个写小说的人，对于人，我只能想了解、欣赏，并对他进行描绘，我不想对任何人作出论断。像我的一位老师一样，对于这个世界，我所倾心的是现象。我不善于做抽象的思维。我对人，更多地注意的是他的审美意义。你们可以称我是一个生活现象的美食家。这个卖蚯蚓的粗壮的老人，骑着车，吆喝着'蚯蚓——蚯蚓来！'不是一个丑的形象。——当然，我还觉得他是个善良的，有古风的自食其力的劳动者，他至少不是

社会的蛀虫。"

这时忽然有一个也常在玉渊潭散步的学者模样的中年人插了进来，他自我介绍：

"我是一个生物学家。——我听了你们的谈话。从生物学的角度，是不应鼓励挖蚯蚓的。蚯蚓对农业生产是有益的。"

我们全都傻了眼了。

一九八三年四月一日写成

子孙万代

　　傅玉涛是"写字"的。"写字"就是给剧场写海报，给戏班抄本子。抄"总讲"（全剧），抄"单提"（分发给演员的，只有该演员所演角色的单独的唱词）。他的字写得不错，"欧底赵面"。时不常的，有人求他写一个单条，写一个扇面。后来，海报改成了彩印的，剧本大都油印了或打字了，他就到剧场卖票。日子还算混得过去。

　　他有个癖好，爱收藏小文物。他有一面葡萄海马镜，一个"长乐未央"瓦当，一块藕粉地鸡血石章，一块"都陵坑"田黄，一对赵子玉的蛐蛐罐，十几把扇子。齐白石、陈衡恪、姚茫父、王梦白、金北楼、王雪涛。最名贵的是一把吴昌硕画的，画的是枇杷，题句是"鸟疑金弹不敢啄"。他不养花，不养鸟，没事就是反反复复地欣赏他的藏品。这些小文物大

都是花不多的钱从打小鼓的小赵手里买的。小赵和他是街坊，收到什么东西愿意让傅玉涛过过眼，小赵佩服傅玉涛，认为他懂行。傅玉涛也确实帮小赵鉴定过一些字画瓷器，使小赵卖了一个好价钱。

一天，小赵拿了一对核桃，请傅玉涛看看，能不能卖个块儿八毛的。傅玉涛接过来一看，用手掂了掂两颗核桃，说：

"哎呀，这可是好东西！两颗核桃的大小、分量、形状，完全一样，是天生的一对。这是'子孙万代'呀！"

"什么叫'子孙万代'？"

"这你都不懂，亏你还是个打小鼓的呢！你看，这核桃的疙瘩都是一个一个小葫芦。这就叫'子孙万代'。这是真'子孙万代'。"

"'子孙万代'还有真假之分？"

"真的葫芦是生成的，假'子孙万代'动过刀，有的葫芦是刻出来的。这对核桃可够年份了。大概已经经过两代人的手。没有个几十年，揉不出这样。你看看这颜色：红里透紫，紫里透红，晶莹发亮，乍一看，像是外面有一层水。这种色，是人的血气透进核桃所形成。好东西！好东西！——让给我吧！"

"傅先生喜欢，拿去玩吧。"

"得说个价。"

"咳，说什么价，我一毛钱收来的。"

"那，这么着吧，我给两块钱，算是占了你的大便宜了。"

"傅先生，您这是干什么！咱们是老街坊，我受过你的好处，一对核桃还过不着吗？"

傅玉涛掏出两块钱，塞进小赵的口袋。

"傅先生！傅先生！唉，这是怎么话说的！"

傅玉涛对这一对核桃真是爱如性命，他做了两个平绒小口袋，把两颗核桃分别装在里面，随身带着。一有空，就取出来看看，轻轻地揉两下，不多揉。这对核桃正是好时候，再多揉，就揉过了，那些小葫芦就会圆了，模糊了。

文化大革命。

红卫兵到傅玉涛家来破四旧，把他的小文物装进一个麻袋，呼啸而去。

四人帮垮台。

傅玉涛不再收藏文物，但是他还是爱逛地摊，逛古玩店。有时他想也许能遇到这对核桃。随即觉得这想法很可笑。十年浩劫，多少重要文物都毁了，这对核桃还能存在人间么？

一天，他经过缸瓦市一个小古玩店，进去看了看。一看，

他的眼睛亮了：他的那对核桃！核桃放在一个玛瑙碟子里。他掏出放大镜，隔着橱柜的玻璃细细地看看：没错！这对核桃他看的次数太多了，核桃上有多少个小葫芦他都数得出来。他问售货员："这对核桃是什么人卖的？"——"保密。"——"原先核桃有两个平绒小口袋装着的。"——"有。扔了。——你怎么知道？"——"小口袋是我缝的。"——"？"傅玉涛看了看标价：外汇券250。这时进来了一个老外。老外东看看，西看看，看见这对核桃。

"这是什么？"

售货员答："核桃。"

"玉的？"

"不是玉的。就是核桃。"

"那为什么卖那么贵？"

售货员请傅玉涛给老外解释解释。

傅玉涛说：

"这不是普通的核桃，是山核桃。"

"山核桃？"

"这种核桃不是吃的，是揉的。"

"揉的？"

傅玉涛叫售货员把玻璃柜打开。傅玉涛把两颗核桃拿在手里，熟练地揉了几圈。

"这样。"

"揉？有什么好处？"

"舒筋活血。"

"舒，筋，活，血？"

"您看这核桃的色，红里透紫，紫里透红，这是人的血气透进了核桃。"

"血——气？"

"把核桃揉成这样，得好几十年。"

"好几十年？"

"两代人。"

"两代人，揉一对核桃？"

"Yes！"

"这对核桃，有一个名堂，叫'子孙万代'。"

"子孙万代？"

"您看这一个一个小疙瘩，都是小葫芦。"傅玉涛把放大镜给老外，老外使劲地看。

"是雕刻的？"

"No，是天生的。"

"天生的？噢，上帝！"

"这样的核桃，全中国，您找不出第二对。"

"我买了！"

老外付了钱，对傅玉涛说：

"Thank You，——谢谢你！"

老外拿了这对子孙万代核桃，一路上嘟哝：

"子，孙，万，代！子孙万代！"

傅玉涛回家，炒了一个麻豆腐，喝了二两酒，用筷子敲着碗也唱了一句西皮慢三眼：

"我好比笼中鸟有翅难展……"

一九九三年八月二十七日

小人物的逸事

复仇

——给一个孩子讲的故事

一缸客茶，半支素烛，主人的深情。

"今夜竟挂了单呢"，年青人想想颇自好笑。

他的周身结束 [①] 告诉曾经长途行脚的人，这样的一个人，走到这样冷僻的地方，即使身上没有带着钱粮，也会自己设法寻找一点东西来慰劳一天的跋涉，山上多的是松鸡野兔子。所以只说一声：

"对不起，庙中没有热水，施主不能洗脚了。"

接过土缸放下烛台，深深一稽首竟自翩然去了，这一稽首里有多少无言的祝福，他知道行路的人睡眠是多么香甜，

---

① "结束"是早期白话，意为装束、打扮。

这香甜谁也没有理由分沾一点去。

然而出家人的长袖如黄昏蝙蝠的翅子，扑落一点神秘的迷惘，淡淡的却是永久的如陈年的檀香的烟。

"竟连谢谢也不容说一声，知道明早甚么时候便会上路了呢？——这烛该是信男善女们供奉的，蜜呢，大概庙后有不少蜂巢吧，那一定有不少野生的花了啊，花许是栀子花，金银花，……"

他伸手一弹烛焰，其实烛花并没有长。

"这和尚是住持？是知客？都不是！因为我进庙后就没看见过第二个人，连狗也不养一条，然而和尚决不像一个人住着，佛座前放着两卷经，木鱼旁还有一个磬，……他许有个徒弟，到远远的地方去乞食了吧……

"这样一个地方，除了做和尚是甚么都不适合的。……"

何处有丁丁的声音，像一串散落的珠子，掉入静渚的水里，一圈一圈漾开来，他知道这决不是磬。他如同醒在一个淡淡的梦外。

集起涣散的眼光，回顾室内：沙地，白垩墙，矮桌旁一具草榻，草榻上一个小小的行囊，行囊虽然是小的，里面有萧萧的物事，但尽够他用了，他从未为里面缺少些甚么东西而给自己加上一点不幸。

霍地抽出腰间的宝剑，烛影下寒光逼人，墙上的影子大有起舞之意。

在先，有一种力量督促他，是他自己想使宝剑驯服，现在是这宝剑不甘一刻被冷落，他归降于他的剑了，宝剑有一种夺人的魅力，她逼出年青人应有的爱情。

他记起离家的前夕，母亲替他裹了行囊，抽出这剑跟他说了许多话，那些话是他已经背得烂熟了的，他一日不会忘记自己的家，也决不会忘记那些话。最后还让他再念一遍父亲临死的遗嘱：

"这剑必须饮我底 ① 仇人的血！"

当他还在母亲的肚里的时候，父亲死了，滴尽了最后一滴血，只吐出这一句话，他未叫过一声父亲，可是他深深地记得父亲，如果父亲看着他长大，也许嵌在他心上的影子不会怎么深。

他走过多少地方，一些在他幼年的幻想之外的地方，从未对粘天的烟波发过愁，对连绵的群山出过一声叹息，即使在荒凉的沙漠里也绝不对熠熠的星辰问过路。

起先，燕子和雁子还告诉他一些春秋的消息，但是节令的更递对于一个永远以天涯为家的人是不必有所催促的，他渐渐忘记了自己的年岁，虽然还依旧晓得那天是生日。

"是有路的地方，我都要走遍。"他曾跟母亲承诺过。

曾经跟年老的舵工学得风雨晴晦的智识，向江湖的术士处得来霜雪瘴疠的经验，更从荷箱的郎中的口里掏出许多神奇的秘方，但是这些似乎对他都没有用了，除了将它们再传授给别人。

一切全是熟悉了的，倒是有时故乡的事物会勾起他一点无可奈何的思念，苦竹的篱笆，络着许多藤萝的，晨汲的井，

————————
① "底"通"的"。

封在滑足的青苔旁的，……他有时有意使这些淡淡的记忆淡起来，但是这些纵然如秋来潮汐，仍旧要像潮汐一样地退下去，在他这样的名分下，不容有一点乡愁，而且年青的人多半不很承认自己为故土所萦系，即使是对自己。

甚么东西带在身上都会加上一点重量（那重量很不轻啊）。曾有一个女孩子想送他一个盛水的土瓶，但是他说：

"谢谢你，好心肠的姑娘，愿山风保佑你颊上的酡红，我不要，而且到要的时候自会有的。"

所以他一身无长物，除了一个行囊，行囊也是不必要的，但没有行囊总不像个旅客啊。

当然，"这剑必须饮我仇人的血"他深深地记着。但是太深了，像已经融化在血里，有时他觉得这事竟似与自己无关。

今晚头上有瓦（也许是茅草吧）有草榻，还有蜡烛与蜜茶，这些都是在他希冀之外的，但是他除了感激之外只有一点很少的喜悦，因为他能在风露里照样做梦。

丁丁的声音紧追着夜风。

他跨出房门，（这门是廊房）。殿上一柱红火，在郁黑里招着皈依的心，他从这一点静穆的发散着香气的光里走出。山门未闭，朦胧里看的很清楚。

山门外有一片平地，正是一个舞剑的场所。

夜已深，星很少，但是有夜的光，夜的本身的光，也够照出他的剑花朵朵，他收住最后一着，很踌躇满志，一点轻狂围住他的周身，最后他把剑平地一挥，一些断草飞起来，落在他的襟上。和着溺爱与珍惜，在丁丁的声息中，他小心地把剑插入鞘里。

"施主舞得好剑！"

"见笑，"他有一点失常的高兴，羞涩这和尚甚么时候来的？"师父还未睡，法兴不浅！"

"这时候，还有人带着剑。施主想于剑上别有因缘？不是想寻访着甚么吗，走了这么多路。"

和尚年事已大，秃头上隐隐有剃不去的白发，但是出家人有另外一副较难磨尽的健康，炯炯眸子在黑地里越教人认识他有许多经典以外的修行，而且似并不拒绝人来叩询。

"师父好精神，不想睡么？"

"出家人坐坐禅，随时都可以养神，而且既无必做的日课，又没有经忏道场，格外清闲些，施主也意不想睡，何妨谈谈呢。"

他很诚实的，把自己的宿志告诉和尚，也知道和尚本是行脚来到的，靠一个人的力量，把这座久已颓圮的废庙修起来，便把漫漫的行程结束在这里，出家人照样有个家的，后来又来了个远方来的头陀，由挂单而常住了。

"怪不道，……那个师父在那儿呢？"他想问问。

"那边，"和尚手一指，"这人似乎比施主更高一些，他说他要走遍天下没有路的地方。"

"哦——"

"那边有一座山，山那边从未有人踏过一个脚印，他一来便发愿打通一条隧道，你听那丁丁的声音，他日夜都在圆这件功德。"

他浮游在一层无端怅惘里，"竟有这样的苦心？"

他恨不得立即走到那丁丁的地方去，但是和尚说"天就要发白了，等明儿吧"。

明天一早，踏着草上的露水，他走到那夜来向往的山下，行囊都没有带，只带着一口剑，剑是不能离弃须臾的。

一个破蒲团，一个瘦头陀。

头陀的长发披满了双肩，也遮去他的脸，只有两只眼睛，射出饿虎似的光芒，教人触到要打个寒噤。年青人的身材面貌打扮和一口剑都照入他的眼里。

头陀的袖衣上的风霜，画出他走遍的天涯，年青人想这头陀一定知道许多事情，所以这地方比任何地方更无足留连，但他不想离开一步。

头陀的话像早干涸了，但几日相处他并不拒绝回答青年人按不住的问讯。

"师父知道这个人么？"一回头伸出左腕，左腕上有一个蓝色的人名，那是他父亲的仇人，这名字是母亲用针刺上去的。

头陀默不作声，也伸出自己的左腕，左腕上一样有一个蓝字的人名，是年青人的父亲底。

一种异样的空气袭过年青人的心，他的眼睛扑在头陀的脸上，头陀的瘦削的脸上没有表情，悠然挥动手里的斧凿。

在一阵强烈的颤抖后，年青人手按到自己宝剑柄上。

——这剑必须饮我仇人的血。

"孝顺的孩子，你别急，我决不想逃避欠下自己的宿债——但是这还不是时候，须待我把这山凿通了！"

像骤然解得未悬疑问，他，年青人，接受了头陀底没有丝毫祈求的命令，从此他竟然一点轻微的激动都没有了。

从此丁丁的声音有了和应，青年人也备得一副斧凿，服腆在走遍没路的地方的苦心下，但他似乎忘记身旁有个头陀，正如头陀忘记身旁有一个带剑的年青人。

日子和石头损蚀在丁丁的声里。

你还要问再后么？

一天，錾子敲在空虚里，一线天光，第一次照入永恒的幽黑。

"呵"，他们齐声礼赞。

再后呢？

宝剑在冷落里自然生锈的，骨头也在世纪的内外也一定要腐烂或凝成了化石。

不许再往下问了，你看北斗星已经高挂在窗子上了。

鸡 毛

　　西南联大有一个文嫂。

　　她不是西南联大的人。她不属于教职员工，更不是学生。西南联大的各种名册上都没有"文嫂"这个名字。她只是在西南联大里住着，是一个住在联大里的校外的人。然而她又的的确确是"西南联大"的一个组成部分。她住在西南联大的新校舍。

　　西南联大有许多部分：新校舍、昆中南院、昆中北院、昆华师范、工学院……其他部分都是借用的原有的房屋，新校舍是新建的，也是联大的主要部分。图书馆、大部分教室、各系的办公室、男生宿舍……都在新校舍。

　　新校舍在昆明大西门外，原是一片荒地。有很多坟，几户零零落落的人家。坟多无主。有的坟主大概已经绝了后，不难处理。有一个很大的坟头，一直还留着，四面环水，如一小岛，春夏之交，开满了野玫瑰，香气袭人，成了一处风景。其余的，都平了。坟前的墓碑，有的相当高大，都搭在几条水沟上，成了小桥。碑上显考显妣的姓名分明可见，全都平躺着了。每天有许多名师大儒、莘莘学子从上面走过。住户呢，由学校出几个钱，都搬迁了。文嫂也是这里的住户。她不搬。说什么也不搬。她说她在这里住惯了。联大的当局是很讲人道主义的，人家不愿搬，不能逼人家走。可是她这两间破破烂烂的草屋，不当不间地戳在那里，实在也不成个样子。新校舍建筑虽然极其简陋，但是是经过土木工程系的名教授设计过的，房屋安排疏密有致，空间利用十分合理，那怎么办呢？主其事者跟文嫂商量，把她两间草房拆了，另外给她盖一间，质料比她原来的要好一些。她同意了，只要求再给她盖一个鸡窝。那好办。

她这间小屋，土墙草顶，有两个窗户（没有窗扇，只有一个窗洞，有几根直立着的带皮的树棍），一扇板门。紧靠西面围墙，离二十五号宿舍不远。

宿舍旁边住着这样一户人家，学生们倒也没有人觉得奇怪。学生叫她文嫂。她管这些学生叫"先生"。时间长了，也能分得出张先生、李先生、金先生、朱先生……但是，相处

这些年了，竟没有一个先生知道文嫂的身世，只知道她是一个寡妇，有一个女儿。人很老实。虽然没有知识，但是洁身自好，不贪小便宜。除非你给她，她从不伸手要东西。学生丢了牙膏肥皂、小东小西，从来不会怀疑是她顺手牵羊拿了去。学生洗了衬衫，晾在外面，被风吹跑了，她必为捡了，等学生回来时交出："金先生，你的衣服。"除了下雨，她一天都是在屋外待着。她的屋门也都是敞开着的。她的所作所为，都在天日之下，人人可以看到。

她靠给学生洗衣服、拆被窝维持生活。每天大盆大盆地洗。她在门前的两棵半大榆树之间拴了两根棕绳，拧成了麻花。洗得的衣服，夹紧在两绳之间。风把这些衣服吹得来回摆动，霍霍作响。大太阳的天气，常常看见她坐在草地上（昆明的草多丰茸齐整而极干净）做被窝，一针一针，专心致意。衣服被窝洗好做得了，为了避免嫌疑，她从不送到学生宿舍里去，只是叫女儿隔着窗户喊："张先生，来取衣服。"——"李先生，取被窝。"

她的女儿能帮上忙了，能到井边去提水，踮着脚往绳子上晾衣服，在床上把衣服抹煞平整了，叠起来。

文嫂养了二十来只鸡（也许她原是靠喂鸡过日子的）。联

大到处是青草，草里有昆虫蚱蜢种种活食，这些鸡都长得极
肥大，很肯下蛋。隔多半个月，文嫂就挎了半篮鸡蛋，领着
女儿，上市去卖。蛋大，也红润好看，卖得很快。回来时，
带了盐巴、辣子，有时还用马兰草提着一块够一个猫吃的肉。

　　每天一早，文嫂打开鸡窝门，这些鸡就急急忙忙，迫不
及待地奔出来，散到草丛中去，不停地啄食。有时又抬起头
来，把一个小脑袋很有节奏地转来转去，顾盼自若，——鸡
转头不是一下子转过来，都是一顿一顿地那么转动。到觉得
肚子里那个蛋快要坠下时，就赶紧跑回来，红着脸把一个
蛋下在鸡窝里。随即得意非凡地高唱起来："郭格答！郭格
答！"文嫂或她的女儿伸手到鸡窝里取出一颗热烘烘的蛋，
顺手赏了母鸡一块土坷垃："去去去！先生要用功，莫吵！"
这鸡婆子就只好咕咕地叫着，很不平地走到草丛里去了。到
了傍晚，文嫂抓了一把碎米，一面撒着，一面"啯啯，啯啯"
叫着，这些母鸡就都即即足足地回来了。它们把碎米啄尽，
就鱼贯进入鸡窝。进窝时还故意把脑袋低一低，把尾巴向下
夺拉一下，以示雍容文雅，很有鸡教。鸡窝门有一道小坎，
这些鸡还都一定两脚并齐，站在门槛上，然后向前一跳。这
种礼节，其实大可不必。进窝以后，咕咕囔囔一会，就寂然
了。于是夜色就降临抗战时期最高学府之一，国立西南联合
大学的新校舍了，阿门。

　　文嫂虽然生活在大学的环境里，但是大学是什么，这有
什么用，为什么要办它，这些，她可一点都不知道。只知道

有许多"先生"，还有许多小姐，或按昆明当时的说法，有很多"摩登"，来来去去；或在一个洋铁皮房顶的屋子（她知道那叫"教室"）里，坐在木椅子上，呆呆地听一个"老倌"讲话。这些"老倌"讲话的神气有点像耶稣堂卖福音书的教士（她见过这种教士）。但是她隐隐约约地知道，先生们将来都是要做大事，赚大钱的。

先生们现在可没有赚大钱，做大事，而且越来越穷，找文嫂洗衣服、做被子的越来越少了。大部分先生非到万不得已，不拆被子。一年也不定拆洗一回。有的先生虽然看起来衣冠齐楚，西服皮鞋，但是皮鞋底下有洞。有一位先生还为此制了一则谜语："天不知地知，你不知我知。"他们的袜子没有后跟，穿的时候就把袜尖往前拽拽，窝在脚心里，这样后跟的破洞就露不出来了。他们的衬衫穿脏了，脱下来换一件。过两天新换的又脏了，看看还是原先脱下的一件干净些，于是又换回来。有时要去参加 Party，没有一件洁白的衬衫，灵机一动：有了！把衬衫反过来穿！打一条领带，把纽扣遮住，这样就看不出反正了。就这样，还很优美地跳着《蓝色的多瑙河》。有一些，就完全不修边幅，衣衫褴褛，囚首垢面，跟一个叫花子差不多了。他们的裤子破了，就用

一根麻绳把破处系紧。文嫂看到这些先生，常常跟女儿说："可怜！"

来找文嫂洗衣的少了，她还有鸡，而且她的女儿已经大了。

女儿经人介绍，嫁了一个司机。这司机是下江人，除了他学着说云南话："为哪样""咋个整"，其余的话，她听不懂，但她觉得这女婿人很好。他来看过老丈母，穿了麂皮夹克，大皮鞋，头上抹了发蜡。女儿按月给妈送钱。女婿跑仰光、腊戍，也跑贵州、重庆。每趟回来，还给文嫂带点曲靖韭菜花、贵州盐酸菜，甚至宣威火腿。有一次还带了一盒遵义板桥的化风丹，她不知道这有什么用。他还带来一些奇形怪状的果子。有一种果子，香得她的头都疼。下江人女婿答应养她一辈子。

文嫂胖了。

男生宿舍全都一样，是一个窄长的大屋子，土墼墙，房顶铺着木板，木板都没有刨过，留着锯齿的痕迹，上盖稻草；两面的墙上开着一列像文嫂的窗洞一样的窗洞。每间宿舍里摆着二十张双层木床。这些床很笨重结实，一个大学生可以在上面放放心心地睡四年，一直睡到毕业，无须修理。床本来都是规规矩矩地靠墙排列着的，一边十张。可是这些大学生需要自己的单独的环境，于是把它们重新调动了一下，有的两张床摆成一个曲尺形，有的三张床摆成一个凹字形，就成了一个一个小天地。按规定，每一间住四十人，实际都住不满。有人占了一个铺位，或由别人替他占了一个铺位而根本不来住；也有不是铺主却长期睡在这张铺上的；有根本不是联大学生，却在新校舍住了好几年的。这些曲尺形或凹字形的单元里，大都只有两三个人。个别的，只有一个。一间宿舍住的学生，各系的都有。有一些互相熟悉，白天一同进出，晚上联床夜话；也有些老死不相往来，连贵姓都不打听。二十五号南头一张双层床上住着一个历史系学生，一个中文系学生，一个上铺，一个下铺，两个人合住了一年，彼此连面都没有见过：因为这二位的作息时间完全不同。中文系学生是个夜猫子，每晚在系图书馆夜读，天亮才回来；而历史系学生却是个早起早睡的正常的人。因此，上铺的铺主睡觉时，下铺是空的；下铺在酣睡时，上铺没有人。

联大的人都有点怪。"正常"在联大不是一个褒词。一个人很正常，就会被其余的怪人认为"很怪"。即以二十五号宿

舍而论，如果把这些先生的事情写下来，将会是一部很长的小说。如今且说一个人。

　　此人姓金，名昌焕，是经济系的。他独占北边的一个凹字形的单元。他不欢迎别人来住，别人也不想和他搭伙。他不知从哪里弄来一些木板，把双层床的一边都钉了木板，就成了一间屋中之屋，成了他的一统天下。凹字形的当中，摞着几个装肥皂的木箱——昆明这种木箱很多，到处有得卖，这就是他的书桌。他是相当正常的。一二年级时，按时听讲，从不缺课。联大的学生大都很狂，讥弹时事，品藻人物，语带酸咸，词锋很锐。金先生全不这样。他不发狂论。事实上他很少跟人说话。其特异处有以下几点：一是他所有的东西都挂着，二是从不买纸，三是每天吃一块肉。他在他的床上拉了几根铁丝，什么都挂在这些铁丝上，领带、袜子、针线包、墨水瓶……他每天就睡在这些丁丁当当的东西的下面。学生离不开纸。怎么穷的学生，也得买一点纸。联大的学生时兴用一种灰绿色布制的夹子，里面夹着一叠白片艳纸，用来记笔记，做习题。金先生从不花这个钱。为什么要花钱买呢？纸有的是！联大大门两侧墙上贴了许多壁报，学术演讲的通告，寻找失物、出让衣鞋的启事，形形色色，琳琅满目。这些启事、告白总不是顶天立地满满写着字，总有一些空白的地方。金先生每天晚上就带了一把剪刀，把这些空白的地方剪下来。他还把这些纸片，按大小纸质、颜色，分门别类，裁剪整齐，留作不同用处。他大概是相当笨的，因此每晚都开夜车。开夜车伤神，需要补一补。他按期买了猪肉，切成大小相等的方块，借了文嫂的鼎罐（他借用了鼎罐，都是洗都不洗就还给人家了），在学校茶水炉上炖熟了，密封在一个有盖的瓷坛里。每夜用完了功，就打开坛盖，用一只一头削尖了的筷子，瞅准了，扎出一块，闭目而食之。然后，躺在叮叮当当的什物之下，酣然睡去。

这样过了三年。到了四年级，他在聚兴诚银行里兼了职，当会计。其时他已经学了簿记、普通会计、成本会计、银行会计、统计……这些学问当一个银行职员，已是足够用的了。至于经济思想史、经济地理……这些空空洞洞的课程，他觉得没有什么用处，只要能混上学分就行，不必苦苦攻读，可以缺课。他上午还在学校听课，下午上班。晚上仍是开夜车，搜罗纸片，吃肉。自从当了会计，他添了两样毛病。一是每天提了一把黑布阳伞进出，无论冬夏，

天天如此。二是穿两件衬衫，打两条领带。穿好了衬衫，打好领带；又加一件衬衫，再打一条领带。这是干什么呢？若说是显示他有不止一件衬衫、一条领带吧，里面的衬衫和领带别人又看不见；再说这鼓鼓囊囊的，舒服吗？真是令人百思不得其解。因此，同屋的那位中文系夜游神送给他一个外号，这外号很长："二十年目睹之怪现状"。

金先生很快就要毕业了。毕业以前，他想到要做两件事。一件是加入国民党，这已经着手办了；一件是追求一个女同学，这可难。他在学校里进进出出，一向像马二先生逛西湖：他不看女人，女人也不看他。

谁知天缘凑巧，金昌焕先生竟有了一段风流韵事。一天，他正提着阳伞到聚兴诚去上班，前面走着两个女同学，她们交头接耳地谈着话。一个告诉另一个：这人穿两件衬衫，打两条领带，而且介绍他有一个很长的外号："二十年目睹之怪现状"。听话的那个不禁回头看了金昌焕一眼，嫣然一笑。金昌焕误会了：谁知一段姻缘却落在这里。当晚，他给这女同学写了一封情书。开头写道："×× 女士芳鉴，径启者……"接着说了很多仰慕的话，最后直截了当地提出："倘蒙慧眼垂青，允订白首之约，不胜荣幸之至。随函附赠金戒指一枚，务祈笑纳为荷。"在"金戒指"三字的旁边还加了一个括弧，括弧里注明："重一钱五"。这封情书把金先生累得够呛，到他套起钢笔，吃下一块肉时，文嫂的鸡都已经即即足足地发出声音了。

这封情书是当面递交的。

这位女同学很对得起金昌焕。她把这封信公布在校长办公室外面的布告栏里，把这枚金戒指也用一枚大头针钉在布告栏的墨绿色的绒布上。于是金昌焕一下子出了大名了。

金昌焕倒不在乎。他当着很多人，把信和戒指都取下来，收回了。

你们爱谈论，谈论去吧！爱当笑话说，说去吧！于金昌焕何有哉！金昌焕已经在重庆找好了事，过两天就要离开西南联大，上任去了。

文嫂丢了三只鸡，一只笋壳鸡，一只黑母鸡，一只芦花鸡。这三只鸡不是一次丢的，而是隔一个多星期丢一只。不知怎么丢的。早上开鸡窝放鸡时还在，晚上回窝时就少了。文嫂到处找，也找不着。她又不能像王婆骂鸡那样坐在门口骂——她知道这种泼辣做法在一个大学

里很不合适，只是一个人叨叨："我呐（的）鸡呢？我呐鸡呢？……"

文嫂的女儿回来了。文嫂吓了一跳：女儿戴得一头重孝。她明白出了大事了。她的女婿从重庆回来，车过贵州的十八盘，翻到山沟里了。女婿的同事带了信来。母女俩顾不上抱头痛哭，女儿还得赶紧搭便车到十八盘去收尸。

女儿走了，文嫂失魂落魄，有点傻了。但是她还得活下去，还得过日子，还得吃饭，还得每天把鸡放出去，关鸡窝。还得洗衣服，做被子。有很多先生都毕业了，要离开昆明，临走总得干净干净，来找文嫂洗衣服、拆被子的多了。

这几天文嫂常上先生们的宿舍里去。有的先生要走了。行李收拾好了，总还有一些带不了的破旧衣物，一件鱼网似的毛衣，一个压扁了的脸盆，几只配不成对的皮鞋——那有洞的鞋底至少掌鞋还有用……这些先生就把文嫂叫了来，随她自己去挑拣。挑完了，文嫂必让先生看一看，然后就替他们把曲尺形或凹字形的单元打扫一下。

因为洗衣服、拣破烂，文嫂还能岔乎岔乎，心里不致太乱。不过她明显地瘦了。

金昌焕不声不响地走了。二十五号的朱先生叫文嫂也来看看，这位"怪现状"是不是也留下一些还值得一拣的东西。

什么都没有。金先生把一根布丝都带走了。他的凹形王国里空空如也，只留下一个跟文嫂借用的鼎罐。文嫂毫无所得，然而她也照样替金先生打扫了一下。她的笤帚扫到床下，失声惊叫了起来：床底下有三堆鸡毛，一堆笋壳色的，一堆黑的，一堆芦花的！

文嫂把三堆鸡毛抱出来，一屁股坐在地下，大哭起来。

"啊呀天呐，这是我叻鸡呀！我叻笋壳鸡呀！我叻黑母鸡，我叻芦花鸡呀！……"

"我寡妇失业几十年哪，你咋个要偷我鸡呀！……"

"我风里来雨里去呀，我命多苦，多艰难呀，你咋个要偷我叻鸡呀！……"

"你先生是要做大事，赚大钱的呀，你咋个要偷我叻鸡呀！……"

"我叻女婿死在贵州十八盘，连尸都还没有收呀，你咋个要偷我叻鸡呀！……"

她哭得很伤心，很悲痛。好像要把一辈子所受的委屈、不幸、孤单和无告全都哭了出来。

这金昌焕真是缺德，偷了文嫂的鸡，还借了文嫂的鼎罐来炖了。至于他怎么偷的鸡，怎样宰了，怎样煺的鸡毛，谁都无从想象。

林子大了，什么鸟都有。

一九八一年六月六日

要

账

　　张老头八十六了（我很反对把所有数目字都改成阿拉伯字，那样很别扭），身体还挺好，只是耳朵聋，有时糊涂。有一次他一个人到铁匠营去，找不到自己的家了。他住在蒲黄榆，从蒲黄榆到铁匠营只有半站地。从此他就不往离他的家十步以外的地方溜达。他总是在他所住的居民楼的下面的墙根底下坐着，除了刮大风，下雨，下雪。带着他的全部装备：一个马扎，一个棉垫子，都用麻绳吊在一起；一个紫红色的尼龙绸口袋，里面装的是眼镜盒，——他其实不看报，烟卷——他抽的是最次的烟，烟嘴、火柴……他手指上戴了三四个黄铜的戒指，纽扣孔里拖出一条钥匙链，一头塞在左上角衣兜里，仿佛这是一个怀表，——他"感觉"这就是怀表。他的腕子上经常套着山桃核的手串；有时是山核桃的，

有时甚至是一串算盘珠。除了回家吃饭，他一天就这么坐着。

他不是一段木头，是个人。是人，脑子里总要想一些事。

这几个月来他天天想的一件事是他要到天津跟老李要账。老李欠他五十块钱，他要去要回来。他跟他的二儿子说，叫儿子陪他上天津去。儿子说："老李欠你五十块钱？我怎么没听说过？这是哪儿的事呀？"——"你知不道！那是俺们在天津'跑腿儿'时候的事，你知不道，你还年轻！"儿子被他纠缠不过，只好陪他上了一趟天津，七拐八弯到处打听，总算把老李找到了。

李老头也八十多了。

老哥俩见面倒还都认识。

奉了茶，敬了烟，李老头说：

"张大哥身子骨还挺硬朗？"

"硬朗着哪！"

"您咋会上天津来啦？有事？找人？"

过去有那么一路人，人家有什么事，他去帮忙打杂，叫作"跑腿儿"。

"有事！找人！"

"找谁？"

"找你！

"找我有什么事？"

"找你要账。"

"找我要账？我欠你的账？"

"欠。"

"什么时候我欠过你的账？"

"那年，还是在咱们跑腿儿的时候，咱们合计过，合伙开一个煤铺，有这事没有？"

"有。"

"咱们合计，一个拿出五十块钱，有这事没有？"

"有。"

"你没拿这五十块钱，是不？"

"这事没有弄成，吹了。"

"管他吹了不吹了。你答应拿出五十块钱，你没拿，你欠我五十块钱，这钱你得还我。"

"你也答应拿五十块钱，你也没拿呀！"

"那是我的事，你不用管。你还我钱。"

两个老头吵得不可开交，只好上派出所去解决。

值班的民警听了两个老头的申诉，说：

"李老头和张老头合计合伙开煤铺，李老头答应拿出五十块钱，李老头没拿，李老头欠张老头五十块钱。现在判

决李老头拿出五十块钱还给张老头。"

张老头胜诉，喜笑颜开。李老头只好拿出五十块钱，心里不服。

值班民警继续说：

"张老头答应拿出五十块钱，也没有拿，张老头欠李老头五十块钱，应该偿还。现决定，张老头将李老头还给张老头的五十块钱还给李老头。现在，谁也不欠谁的钱了，问题就这样解决了，你们都回去吧。"

张老头从天津回到北京，一直想不通。他一直认为李老头欠他的钱，整天想这件事。

张老头再活十年没有问题，他会想这件事想十年。

抽象的杠杆定律

　　胡少邦是西南联大一大活宝。他原是航校学生。航校教飞行，都是教官带着。教官先飞，到了一定高度，做一个手势交给学生开。教官推推他，叫他试飞。推了几下，他不动。教官一看，这位老兄睡着了！反应如此之迟钝，怎么能开飞机呢？请吧您哪！他被航校淘汰了，投考西南联大，读哲学心理系。

　　虽然离开了航校，他对航空未能忘情，正在上着课，他忽然跑出教室，站在路口，高声喊叫：

　　"现在已经有了'预行警报'，五华山挂了两个红球！"

　　昆明的防空警报分四种。预行警报、空袭警报、紧急警报、解除警报。后三种都由防空监视机关拉汽笛。空袭警报

一长二短，表示日本飞机已入云南境，有可能到昆明来；紧急警报一长一短，表示日本飞机已经接近昆明；到拉了长音，则表示日本飞机已经轰炸扫射完了，飞回去了。"预行警报"不拉汽笛，只在五华山顶挂出红球，——五华山是昆明的制高点，红球挂出，全城可见。胡少邦正在听课，不知道他是怎么"感觉"到五华山挂了红球的。

他还举行过几次演讲。事前贴出海报：整张的标语纸，画出几栏，左右两栏写明时间、地点，当中一栏较宽，浓墨大书："学术演讲"，题目是"防空常识"。竟然有人去听他的演讲，听完了还报以掌声！

胡少邦每天都要"表演"。中午饭过，他就表演起来。一是唱歌。他认为唱歌要唱得高，于是拼命高唱，一直唱到声嘶力竭。二是舞单刀！他有一把生锈的单刀，舞得飕飕地，一直舞到大汗淋漓，才抱刀收势，对围观的同学鞠躬致谢。起初有些同学起哄架秧子，鼓励他耍活宝，后来见他每天就是这一套，就不再捧场，他一张嘴嘶喊，就纷纷走散。

胡少邦是个"情种"。日本飞机老是到昆明来轰炸。一有警报，联大同学就都由北面的小门走出去"跑警报"。有时忽然变了天，乌云四合，就要下雨。下了雨，日本飞机就不会来了，大家陆陆续续往回走。胡少邦一马当先，抢在最前面。他这么着急忙慌地赶回去干什么？他到新校舍各个宿舍收集雨伞，抱了两大抱，等在北门旁边，有女同学回来，就送上一把（这时雨已下下来，正好用得着）。

"情种"自然多情。胡少邦认为很多女同学都爱他。他唯恐自己爱得不周到，有疏忽，致使某个女同学伤心流泪，就买了一张重磅图画纸，画了一个很详细清楚的表格，这样可以按计划一一访问。他把这张爱情一览表压在席子下面，时常抽出来审阅。不过有时也觉得可能有点自作多情。他到南院（女生宿舍）去看望某个女同学，看传达室的张妈总是说："小姐不在！"他碰了壁，不死心，心想这不过是女孩子故作姿态而已。也许，他尚无特殊表现，还没有显出他的天才，还没有使女孩子动心。唔，是的，不错！

显露天才的机会来了！学校有个话剧团，要演《北京人》，导演找到他，因为他身材魁伟，而且有一种原始的味道。跟他说："你演最合适！你其实是真正的主角，剧名不是叫《北京人》么？"他同意了，跟大家一起去拍照。有一个

有名的拍人像的摄影专家叫高岭梅，在正义路开了一家"高
岭梅艺术人像"，昆明多数影剧界的都跟他很熟。他设计了剧
照的画面：后面是北京人的齐胸的影子，拍得虚虚的；前面

叠印主要人物和戏剧场面。高岭梅不愧是高手，拍出的效果很好。剧照陈列在正义路口，每一幅都有胡少邦的形象，他很得意，上身涂了很厚的油彩、凡士林，也不觉得难受。

不想胡少邦并未因此受到女同学的青睐。有一天吃饭的时候，他又吹嘘有多少女同学爱他。有一个华侨女生叫陈逸华，人很天真，说："胡少邦，你别胡说八道，叫人笑话！"不想胡少邦勃然大怒，说："怎么没有！就拿你来说：你爱我，我不爱你，你就说出这样的话！"气得陈逸华大哭。

胡少邦发现了真理！真理是"抽象的杠杆定律"。其要义是：万事万物，都有一个抽象的杠杆。只要找到杠杆的支点，则万事万物的问题就可迎刃而解。大至二次大战，小至苍蝇之微，皆清澈洞明，了无粘滞。呜呼，少邦悟此秘旨，何其幸也。此上天予少邦者独厚，非人力所可诘究者也。

他著书立说，油印了好多本，遍赠教授同学。他给系主任冯友兰先生也呈献了一本。冯先生对他说：

"胡少邦！你去年哲学概论就不及格，今年再不及格，

你就会被开除。你还是好好读书吧，别搞这一套胡说八道！"

我到郊区教了两年书，没有再见到胡少邦，听说他在莲花池冬泳，得了伤寒，死了。

后来又听说，他没有死，自费到美国留学，现在还在。

八千岁

据说他是靠八千钱起家的，所以大家背后叫他八千岁。八千钱是八千个制钱，即八百枚当十的铜元。当地以一百铜元为一吊，八千钱也就是八吊钱。按当时银钱市价，三吊钱兑换一块银圆，八吊钱还不到两块七角钱。两块七角钱怎么就能起了家呢？为什么整整是八千钱，不是七千九，不是八千一？这些，谁也不去追究，然而死死地认定了他就是八千钱起家的，他就是八千岁！

他如果不是一年到头穿了那样一身衣裳，也许大家就不会叫他八千岁了。他这身衣裳，全城无二。无冬历夏，总是一身老蓝布。这种老蓝布是本地土织，本地的染坊用蓝靛染的。染得了，还要由一个师傅双脚分叉，站在一个 U 字形的

石碾上，来回晃动，加以碾砑，然后摊在河边空场上晒干。自从有了阴丹士林，这种老蓝布已经不再生产，乡下还有时能够见到，城里几乎没有人穿了。蓝布长衫，蓝布夹袍，蓝布棉袍，他似乎做得了这几套衣服，就没有再添置过。年复一年，老是这几套。有些地方已经洗得露了白色的经纬，而且打了许多补丁。衣服的款式也很特别，长度一律离脚面一尺。这种才能盖住膝盖的长衫，从前倒是有过，叫作"二马裾"。这些年长衫兴长，穿着拖齐脚面的铁灰洋绉^①时式长衫的年轻的"油儿"，看了八千岁的这身二马裾，觉得太奇怪了。八千岁有八千岁的道理，衣取蔽体，下面的一截没有用处，要那么长干什么？八千岁生得大头大脸，大鼻子大嘴，大手大脚，终年穿着二马裾，任人观看，心安理得。

他的儿子跟他长得一模一样，只是比他小一号，也穿着一身老蓝布的二马裾，只是老蓝布的颜色深一些，补丁少一些。父子二人在店堂里一站，活脱是大小两个八千岁。这就更引人注意了。八千岁这个名字也就更被人叫得死死的。

大家都知道八千岁现在很有钱。

---

① 洋绉，一种丝绸织品。极薄，微带自然皱纹。

八千岁的米店看起来不大，门面也很暗淡。店堂里一边是几个米囤子，囤里依次分别堆积着"头糙""二糙""三糙""高尖"。头糙是只碾一道，才脱糠皮的糙米，颜色紫红。二糙较白。三糙更白。高尖则是雪白发亮几乎是透明的上好精米。四个米囤，由红到白，各有不同的买主。头糙卖给挑箩把担卖力气的，二糙三糙卖给住家铺户，高尖只少数高门大户才用。一般人家不是吃不起，只是觉得吃这样的米有点"作孽"。另外还有两个小米囤，一囤糯米；一囤晚稻香粳——这种米是专门煮粥用的。煮出粥来，米长半寸，颜色浅碧如碧螺春茶，香味浓厚，是东乡三垛特产，产量低，价极昂。这两种米平常是没有人买的，只是既是米店，不能不备。另外一边是柜台，里面有一张账桌，几把椅子。柜台一头，有一块竖匾，白地子，上漆四个黑字，道是："食为民天"。竖匾两侧，贴着两个字条，是八千岁的手笔。年深日久，字条的毛边纸已经发黑，墨色分外浓黑。一边写的是"僧道无缘"，一边是"概不做保"。这地方每年总有一些和尚来化缘（道士似无化缘一说），背负一面长一尺、宽五寸的木牌，上画护法韦驮，敲着木鱼，走到较大铺户之前，总可得到一点布施。这些和尚走到八千岁门前，一看"僧道无缘"四个字，也就很知趣地走开了。不但僧道无缘，连叫花子也"概不打

发"。叫花子知道不管怎样软磨硬泡，也不能从八千岁身上拔下一根毛来，也就都"别处发财"，省得白费工夫。中国不知从什么时候兴了铺保制度。领营业执照、向银行贷款，取一张"仰沿路军警一体放行，妥加保护"的出门护照，甚至有些私立学校填写入学志愿书，都要有两家"殷实铺保"。吃了官司，结案时要"取保释放"。因此一般"殷实"一些的店铺就有为人做保的义务。铺保不过是个名义，但也有时惹下一些麻烦。有的被保的人出了问题，官方警方不急于追究本人，却跟做保的店铺纠缠不休，目的无非是敲一笔竹杠。八千岁可不愿惹这种麻烦。"僧道无缘""概不做保"的店铺不止八千岁一家，然而八千岁如此，就不免引起路人侧目，同行议论。

八千岁米店的门面虽然极不起眼，"后身"可是很大。这后身本是夏家祠堂。夏家原是望族。他们聚族而居的大宅子的后面有很多大树，有合抱的大桂花，还有一湾流水，景色幽静，现在还被人称为夏家花园，但房屋已经残破不堪了。夏家败落之后，就把祠堂租给了八千岁。朝南的正屋里一长溜祭桌上还有许多夏家的显考显妣的牌位。正屋前有两棵柏树。起初逢清明，夏家的子孙还来祭祖，这几年来都不来了，那些刻字涂金的牌位东倒西歪，上面落了好多鸽子粪。这个大祠堂的好处是房屋都很高大，还有两个极大的天井，都是青砖铺的。那些高大房屋，正好当作积放稻子的仓廒，天井正好翻晒稻子。祠堂的侧门临河，出门就是码头。这条河四通八达，运粮极为方便。稻船一到，侧门打开，稻子可以由船上直接挑进仓里，这可以省去许多长途挑运的脚钱。

　　本地的米店实际是个粮行。单靠门市卖米，油水不大。一多半是靠做稻子生意，秋冬买进，春夏卖出，贱入贵出，从中取利。稻子的来源有二。有的是城中地主寄存的。这些人家收了租稻，并不过目，直接送到一家熟识的米店，由他们代为经营保管。要吃米时派个人去叫几担，要用钱时随时到柜上支取，年终结账，净余若干，报一总数。剩下的钱，大都仍存柜上。这些人家的大少爷，是连粮价也不知道的，一切全由米店店东经手。粮钱数目，只是一本良心账。另一来源，是店东自己收购的。八千岁每年过手到底有多少稻子，他是从来不说的，但是这瞒不住人。瞒不住同行，瞒不住邻居，尤其瞒不住挑夫的眼睛。这些挑夫给各家米店挑稻子，一眼估得出哪家的底子有多厚。他们说：八千岁是一只螃蟹，有肉都在壳儿里。他家仓廒里的堆稻的"窝积"挤得轧满，每一积都堆到屋顶。

　　另一件瞒不住人的事，是他有一副大碾子，五匹大骡子。这五匹骡子，单是那两匹大黑骡子，就是头三年花了八百现大洋从宋侉子手里一次买下来的。

　　宋侉子是个怪人。他并不侉。他是本城土生土长，说的也是地地道道的本地话。本地人把行为乖谬，悖乎常理，而又身材高大的人，都叫作侉子（若是身材瘦小，就叫作蛮子）。宋侉子不到二十岁就被人称为侉子。他也是个世家子弟，从小爱胡闹，吃喝嫖赌，无所不为；花鸟虫鱼，无所不好，还特别爱养骡子养马。父母在日，没有几年，他就把一点祖产挥霍得去了一半。父母一死，就更没人管他了，他干脆把剩下的一半田产卖了，做起了骡马生意。每年出门一两次，到北边去买骡马。近则徐州、山东，远到关东、口外。一半是寻钱，一半是看看北边的风景，吃吃黄羊肉、狍子肉、鹿肉、狗肉。他真也养成了一派侉子脾气。爱吃面食。最爱吃山东的锅盔，牛杂碎，喝高粱酒。酒量很大，一顿能喝一斤。他买骡子买马，不多买，一次只买几匹，但要是好的。花很大的价钱买来，又以很大的价钱卖出。

　　他相骡子相马有一绝，看中了一匹，敲敲牙齿，捏捏后胯，然后拉着缰绳领起走三圈，突然用力把嚼子往下一拽。他力气很大，一般的骡马禁不起他这一拽，当时就会打一个趔趄。像这样的，他不要。若是纹丝不动，稳若泰山，当面成交，立刻付钱，二话不说，拉了就走。由于他这种独特的选牲口的办法和豪爽性格，使他在几个骡马市上很有点名气。他选中的牲口也的确有劲，耐使，里下河一带的碾坊磨坊很愿意买他的牲口。虽然价钱贵些，细算下来，还是划得来。

那一年，他在徐州用这办法买了两匹大黑骡子，心里很高兴，下到店里，自个儿蹲在炕上喝酒。门帘一掀，进来个人：

"你是宋老大？"

"不敢，贱姓宋。请教？"

"甭打听。你喝酒？"

"哎哎。"

"你心里高兴？"

"哎哎。"

"你买了两匹好骡子？"

"哎哎。就在后面槽上拴着。你老看来是个行家，你给看看。"

"甭看，好牲口！这两匹骡子我认得！——可是你带得回去吗？"

宋侉子一听话里有话，忙问：

“莫非这两匹骡子有什么弊病？”

“你给我倒一碗酒。出去看看外头有没有人。”

原来这是一个骗局。这两匹黑骡子已经转了好几个骡马市，谁看了谁爱，可是没有一个人能把它们带走。这两匹骡子是它们的主人驯熟了的，走出二百里地，它们会突然挣脱缰绳，撒开蹄子就往家奔，没有人追得上，没有人截得住。谁买的，这笔钱算白扔。上当的已经不止一个人。进来的这位，就是其中的一个。

“不能叫这个家伙再坑人！我教你个法子：你连夜打四副铁镣，把它们镣起来。过了清江浦，就没事了，再给它砸开。”

“多谢你老！”

“甭谢！我这是给受害的众人报仇！”

宋侉子把两匹骡子牵回来，来看的人不断。碾坊、磨坊、油坊、糟坊，都想买。一问价钱，就不禁吐了舌头：“乖乖！”八千岁带着儿子小千岁到宋家看了看，心里打了一阵算盘。他知道宋侉子的脾气，一口价，当时就叫小千岁回去取了八百现大洋，一手交钱，一手交货，父子二人，一人牵了一匹，沿着大街，呱嗒呱嗒，走回米店。

这件事轰动全城。一连几个月，宋侉子贩骡子历险记和八千岁买骡子的壮举，成了大家茶余酒后的话题。谈论间自然要提及宋侉子荒唐怪诞的侉脾气和八千岁的二马裾。

　　每天黄昏，八千岁米店的碾米师傅要把骡子牵到河边草地上遛遛。骡子牵出来，就有一些人围在旁边看。这两匹黑骡子，真够"身高八尺，头尾丈二有余"。有一老者，捋须赞道："我活这么大，没见过这样高大的牲口！"体子稍矮一点的，得伸手才能够着它的脊梁。浑身黑得像一匹黑缎子。一走动，身上亮光一闪一闪。去看八千岁的骡子，竟成了附近一些居民在晚饭之前的一件赏心乐事。

因为两匹骡子都是黑的，碾米师傅就给它们取了名字，一匹叫大黑子，一匹叫二黑子。这两个名字街坊的小孩子都知道，叫得出。

宋侉子每年挣的钱不少。有了钱，就都花在虞小兰的家里。

虞小兰的母亲虞芝兰是一个姓关的旗人的姨太太。这旗人做过一任盐务道，辛亥革命后在本县买田享福。这位关老爷本城不少人还记得。他的特点是说了一口京片子，走起路来一摇一摆，有点像戏台上的方巾丑①，是真正的"方步"。他们家规矩特别大，礼节特别多，男人见人打千儿，女人见人行蹲安，本地人觉得很可笑。虞芝兰是他用四百两银子从北京西河沿南堂子买来的。关老爷死后，大妇不容，虞芝兰就带了随身细软，两箱子字画，领着女儿搬出来住，租的是挨着宜园的一所小四合院。宜园原是个私人花园，后来改成公园。园子不大，但北面是一片池塘，种着不少荷花，池心有一小岛，上面有几间水榭，本地人不大懂得什么叫水榭，叫它"荷花亭子"，——其实这几间房子不是亭子；南面有一

---

① 方巾丑是戏曲角色名。

带假山，沿山种了很多梅花，叫作"梅岭"，冬末春初，梅花盛开，是很好看的；园中竹木繁茂，园外也颇有野趣，地方虽在城中，却是尘飞不到。虞芝兰就是看中它的幽静，才搬来的。

宋侉子每年要在虞小兰家住一两个月，朝朝寒食，夜夜元宵。他老婆死了，也不续弦，这里就是他的家。他有个孩子，有时也带了孩子来玩。他和关家算起来有点远亲，小兰叫他宋大哥。到钱花得差不多了，就说一声："我明天有事，不来了"，跨上他的踢雪乌骓骏马，一扬鞭子，没影儿了。在一起时，恩恩义义；分开时，潇潇洒洒。

虞小兰有时出来走走，逛逛宜园。夏天的傍晚，穿了一身剪裁合体的白绸衫裤，拿一柄生丝白团扇，站在柳树下面，或倚定红桥栏杆，看人捕鱼踩藕。她长得像一颗水蜜桃，皮肤非常白嫩，腰身、手、脚都好看。路上行人看见，就不禁放慢了脚步，或者停下来装作看天上的晚霞，好好地看她几眼。他们在心里想：这样的人，这样的命，深深为她惋惜；有人不免想到家中洗衣做饭的黄脸老婆，为自己感到一点不平；或在心里轻轻吟道："牡丹绝色三春暖，不是梅花处士妻"，情绪相当复杂。

虞小兰，八千岁也曾看过，也曾经放慢了脚步。他想：

长得是真好看，难怪宋侉子在她身上花了那么多钱。不过为一个姑娘花那么多钱，这值得么？他赶快迈动他的大脚，一气跑回米店。

八千岁每天的生活非常单调。量米。买米的都是熟人，买什么米，一次买多少，他都清楚。一见有人进店，就站起身，拿起量米升子。这地方米店量米兴报数，一边量，一边唱："一来，二来，三来——三升！"量完了，拍拍手，——手上沾了米灰，接过钱，摊平了，看看数，回身走进柜台，一扬手，把铜钱丢在钱柜里，在"流水"簿里写上一笔，入头糙三升，钱若干文。看稻样。替人卖稻的客人到店，先要送上货样。店东或洽谈生意的"先生"，抓起一把，放在手心里看看，然后两手合拢搓碾，开米店的手上都有功夫，嚓嚓嚓三下，稻壳就全搓开了；然后吹去糠皮，看看米色，撮起几粒米，放在嘴里嚼嚼，品品米的成色味道。做米店的都很有经验，这是什么品种，三十子，六十子，矮脚籼，吓一跳，一看就看出来。在米店里学生意，学的也就是这些。然后谈价钱，这是好说的，早晚市价，相差无几。卖米的客人知道八千岁在这上头很精，并不跟他多磨嘴。

"前头"没有什么事的时候，他就到后面看看。进了隔开前后的屏门，一边是拴骡子的牲口槽，一边是一副巨大的石碾子。碾坊没有窗户，光线很暗，他欢喜这种暗暗的光。一近牲口槽，就闻到一股骡子粪的味道，他喜欢这种味道。他喜欢看碾米师傅把大黑子或二黑子牵出来。骡子上碾之前照例要撒一泡很长的尿，他喜欢看它撒尿。骡子上了套，石碾子就呼呼地转起来，他喜欢看碾子转，喜欢这种不紧不慢的呼呼的声音。

这二年，大部分米店都已经不用碾子，改用机器轧米了，八千岁却还用这种古典的方法生产。他舍不得这副碾子，舍不得这五匹大骡子。本县也还有些人家不爱吃机器轧的米，说是不香，有人家专门上八千岁家来买米的，他的生意不坏。

然后，去看看师傅筛米。那是一面很大的筛子，筛子有梁，用一根粗麻绳吊在房檩上，筛子齐肩高，筛米师傅就扶着筛子边框，一簸一侧地慢慢地筛。筛米的屋里浮动着细细的细米糠，太阳照进来，空中像挂着一匹一匹白布。八千岁成天和米和糠打交道，还是很喜欢细糠的香味。

然后，去看看仓里的稻积子，看看两个大天井里晒的稻，或拿起"揉子"把稻子翻一遍，——他身体结实，翻一遍不觉得累，连师傅们都佩服；或轰一会麻雀。米店稻仓里照例有许多麻雀，叽叽喳喳叫成一片。宋侉子有时在天快黑的时

候，拿一把竹枝扫帚拦空一扑，一扫帚能扑下十几只来。宋
侉子说这是下酒的好东西，卤熟了还给八千岁拿来过。八千
岁可不吃这种东西，这有个什么吃头！

　　八千岁的食谱非常简单。他家开米店，放着高尖米不吃，
顿顿都是头糙红米饭。菜是一成不变的熬青菜，——有时放
两块豆腐。初二、十六打牙祭，有一碗肉或一盘咸菜煮小鲫
鱼。他、小千岁和碾米师傅都一样。有肉时一人可得切得方
方的两块。有鱼时一人一条，——咸菜可不少，也够下饭了。
有卖稻的客人时，单加一个荤菜，也还有一壶酒。客人照例
要举杯让一让，八千岁总是举起碗来说："我饭陪，饭陪！"
客菜他不动一筷子，仍是低头吃自己的青菜豆腐。
　　八千岁的米店的左邻右舍都是制造食品的。左边是一家
厨房。这地方有这么一种厨房，专门包办酒席，不设客座。
客家先期预订，说明规格，或鸭翅席，或海参席，要几桌。
只须点明"头菜"，其余冷盘热菜都有定规，不须吩咐。除了
热炒，都是先在家做成半成品，用圆盒挑到，开席前再加汤
回锅煮沸。八千岁隔壁这家厨房姓赵，人称赵厨房，连开厨
房的也被人叫作赵厨房，——不叫赵厨子却叫赵厨房，有点
不合文法。赵厨房的手艺很好，能做满汉全席。这满汉全席

前清时也只有接官送官时才用，入了民国，再也没有人来订，赵厨房祖传的一套五福拱寿釉红彩的满堂红的细瓷器皿，已经锁在箱子里好多年了。右边是一家烧饼店。这家专做"草炉烧饼"。这种烧饼是一箩到底的粗面做的，做蒂子只涂很少一点油，没有什么层，因为是贴在吊炉里用一把稻草烘熟的，故名草炉烧饼，以别于在桶状的炭炉中烤出的加料插酥的"桶炉烧饼"。这种烧饼便宜，也实在，乡下人进城，爱买了当饭。几个草炉烧饼，一碗宽汤饺面，有吃有喝，就饱了。八千岁坐在店堂里每天听得见左边煎炒烹炸的声音，闻得到鸡鸭鱼肉的香味，也闻得见右边传来的一阵一阵烧饼出炉时的香味，听得见打烧饼的槌子击案的有节奏的声音：定定郭，定定郭，定郭定郭定定郭，定，定，定……

　　八千岁和赵厨房从来不打交道，和烧饼店每天打交道。这地方有个"吃晚茶"的习惯，每天下午五点来钟要吃一次点心。钱庄、布店，概莫能外。米店因为有出力气的碾米师傅，这一顿"晚茶"万不能省。"晚茶"大都是一碗干拌面，——葱花、猪油、酱油、虾籽、虾米为料，面下在里面；或几个麻团、"油墩子"，——白铁敲成浅模，浇入稀面，以萝卜丝为馅，入油炸熟。八千岁家的晚茶，一年三百六十日，都是草炉烧饼，一人两个。这里的店铺，有"客人"，照例早

上要请上茶馆。"上茶馆"是喝茶，吃包子、蒸饺、烧麦。照例由店里的"先生"或东家作陪。一般都是叫一笼"杂花色"（即各样包点都有），陪客的照例只吃三只，喝茶，其余的都是客人吃。这有个名堂，叫作"一壶三点"。八千岁也循例待客，但是他自己并不吃包点，还是从隔壁烧饼店买两个烧饼带去。所以他不是"一壶三点"，而是"一壶两饼"。他这辈子吃了多少草炉烧饼，真是难以计数了。好像这家烧饼店是专为他而开的。

他不看戏，不打牌，不吃烟，不喝酒。喝茶，但是从来不买"雨前""雀舌"，泡了慢慢地品啜。他的账桌上有一个"茶壶桶"，里面焐着一壶茶叶棒子泡的颜色混浊的酽茶。吃了烧饼，渴了，就用一个特大的茶缸子，倒出一缸，骨嘟骨嘟一口气喝了下去，然后打一个很响的饱嗝。

他的令郎也跟他一样。这孩子才十六七岁，已经很老成。孩子的那点天真爱好，放风筝、掏蛐蛐、逮蝈蝈、养金铃子，都已经叫严厉的父亲的沉重的巴掌驱逐得一干二净。八千岁到底还是允许他养了几只鸽子。这还是宋侉子求的情。宋侉子拿来几只鸽子，说："孩子哪儿也不去，你就让他喂几只鸽子玩玩吧。这吃不了多少稻子。你们不养，别人家的鸽子也会来。自己有鸽子，别家的鸽子不就不来了。"米店养鸽子，几乎成为通例，八千岁想了想，说："好，叫他养！"鸽子逐渐发展成一大群，点子、瓦灰、铁青子、霞白、麒麟，都有。从此夏氏宗祠的屋顶上就热闹起来，雄鸽子围着雌鸽子求爱，一面转圈儿，一面鼓着个嗉子不停地叫着："咯咯咕，咯咯咯咕……"夏家的显考显妣的头上于是就着了好些鸽子粪。小千岁一有空，就去鼓捣他的鸽子。八千岁有时也去看看，看看小千岁捉住一只宝石眼的鸽子，翻过来，正过去，鸽子眼里的"沙子"就随着慢慢地来回滚动，他觉得这很有趣，而

且想：这是怎么回事呢？父子二人，此时此刻，都表现了一点童心。

八千岁那样有钱，又那样俭省，这使许多人很生气。

八千岁万万没有想到，他会碰上一个八舅太爷。

这里的人不知为什么对舅舅那么有意见。把不讲理的人叫作"舅舅"，讲一种胡搅蛮缠的歪理，叫作"讲舅舅理"。

八舅太爷是个无赖浪子，从小就不安分。小学五年级就穿起皮袍子，里面下身却只穿了一条纺绸单裤。上初中的时候，代数不及格，篮球却打得很漂亮，球衣球鞋都非常出众，经常代表校队、县队，到处出风头。初中三年级时曾用这地方出名的土匪徐大文的名义写信恐吓一个大财主，限他几天之内交一百块钱放在土地庙后第七棵柳树的树洞里，如若不然，就要绑他的票。这大财主吓得坐立不安，几天睡不着觉，又不敢去报案，竟然乖乖地照办了。这大财主原来是他的一个同班同学的父亲，常见面的。他知道这老头儿胆小，所以才敲他一下。初中毕业后，他读了一年体育师范，又上了一年美专，都没上完，却在上海入了青帮，门里排行是通字辈，从此就更加放浪形骸，无所不至。他居然拉过几天黄包车。后来又进了一个什么训练班，混进了军队，"安清不分远和近，三祖流传到如今"，因为青红帮的关系，结交很多朋友，虽不是黄埔出身，却在军队中很"兜得转"，和冷欣、顾祝同都能拉上关系。

抗战军兴，他随着所在部队调到江北，在里下河几个县轮流转。他手下部队有四营人，名义却是一个独立混成旅。

"八一三"以后，日本人打到扬州，就停下来，暂时不再北进。日本人不来，"国军"自然不会反攻，这局面竟维持了相当长的时间。起初人心惶惶，一夕数惊，到后来大家有点麻木了；竟好像不知道有日本兵就在一二百里之外这回事，大家该做什么还是做什么。种田的种田，做生意的做生意。长江为界，南北货源虽不那么畅通，很多人还可以通过封锁线走私贩运，虽然担点风险，获利却倍于以前。一时间，几个县竟呈现出一种畸形的繁荣，茶馆、酒馆、赌场、妓院，无不生意兴隆。

八舅太爷在这一带真是得其所哉。非常时期，军事第一，见官大一级，他到了哪里就成了这地方的最高军政长官，县长、区长，一传就到。军装给养，小事一桩。什么时候要用钱，通知当地商会一声就是。来了，要接风，叫作"驻防费"，走了，要送行，叫作"开拔费"。间三岔五的，还要现金实物"劳军"。当地人觉得有一支军队驻着，可以壮壮胆，

军队不走，就说明日本人不会来，也似乎心甘情愿地孝敬他。他有时也并不麻烦商会，可以随意抓几个人来罚款。他的旅部的小牢房里经常客满。只要他一拍桌子，骂一声"汉奸"，就可以军法从事，把一个人拉出去枪毙。他一到哪里，就把当地的名花包下来，接到公馆里去住。一出来，就是五辆摩托车，他自己骑一辆，前后左右四辆，风驰电掣，穿街过市。城里和乡下的狗一见他的车队来了，赶紧夹着尾巴躲开。他是个霸王，没人敢惹他。他行八，小名叫小八子，大家当面叫他旅长、旅座，背后里叫他八舅太爷。

他把全城的名厨都叫来，轮流给他做饭。座上客常满，杯中酒不空。他爱唱京戏，时常把县里的名票名媛约来，吹拉弹唱一整天。他还很风雅，爱字画，谁家有好字画古董，他就派人去，说是借去看两天。有借无还。他也不白要你的，会送一张他自己画的画跟你换，他不是上过一年美专么？他的画宗法吴昌硕，大刀阔斧，很有点霸悍之气。他请人刻了两方押角图章，一方是阴文："戎马书生"，一方是阳文："富贵英雄美丈夫"——这是《紫钗记·折柳阳关》里的词句，他认为这是中国文学里最好的词句。他也有一匹乌骓马，他请宋侉子来给他看看，嘱咐宋侉子把自己的踢雪乌骓也带来。千不该万不该，宋侉子不该褒贬了八舅太爷的马。他说："旅长，你这不是真正的踢雪乌骓。真正的踢雪乌骓是只有四个蹄子的前面有一小块白；你这匹，四蹄以上一圈都是白的，这是踏雪乌骓。"八舅太爷听了很高兴，说："有道理！"接着又问："你那匹是多少钱买的？"宋侉子是个外场人，他知道八舅太爷不是要他来相马，是叫他来进马了，反正这匹马保不住了，就顺水推舟，很慷慨地说："旅长喜欢，留着骑吧！"——"那，我怎么谢你呢？我给你画一张画吧！"

宋侉子拿了这张画，到八千岁米店里坐下，喝了一碗茶叶棒泡的酽茶，说不出话来。八千岁劝他："算了，是儿不死，是财不散，看开一点，你就当又在虞小兰家花了一笔钱吧！"宋侉子只好苦笑。

没想到，过了两天，八舅太爷派了两个兵把八千岁"请"去了。当这两个兵把八千岁铐上，推出店门时，八千岁只来得及跟儿子说一句："赶快找宋大伯去要主意！"

宋侉子找到八舅太爷的秘书了解一下，案情相当严重，是"资敌"。八千岁有几船稻子，运到仙女庙去卖，被八舅太爷的部下查获了。仙女庙是敌占区。"资敌"就是汉奸，汉奸是要枪毙的。宋侉子知道罪不至此。仙女庙是粮食集散中心，本地贩粮至仙女庙，乃是常例，"抗战军兴"，未尝中断。不过别的粮商都是事前运动，打通关节，拿到"准予放行"的

执照的，八千岁没有花这笔钱，八舅太爷存心找他的碴，所以他就触犯了军法。宋侉子知道这是非花钱不能了事的，就转弯抹角地问秘书，若是罚款，该罚多少。秘书说："旅座的意思，至少得罚一千现大洋。"宋侉子说："他拿不出来。你看看他穿的这身二马裾！"秘书说："包子有肉，不在褶儿上。他拿得出，我们了解。你可以见他本人谈谈！"

宋侉子见了八千岁，劝他不要舍命不舍财，这个血是非出不可的。八千岁问："能不能少拿一点？"宋侉子叫他拿出一百块钱送给虞芝兰，托虞小兰跟八舅太爷说说，八千岁说："你做主吧。我一辈子就你这么个信得过的朋友！"说着就落了两滴眼泪。宋侉子心里也酸酸的。

虞小兰替八千岁说了两句好话："这个人一辈子省吃俭用，也怪可怜的。"八舅太爷说："那好！看你的面子，少要他二百！他叫八千岁，要他八百不算多。他肯花八百块钱买两匹骡子，还不能花八百块钱买一条命吗！叫他找两个铺保，带了钱，到旅部领人。少一个，不行！"

宋侉子说了好多好话，请了八千岁的两个同行，米店的张老板、李老板出面做保，带了八百现大洋，签字画押，把八千岁保了出来。张老板、李老板陪着八千岁出来，劝他：

"算了，是儿不死，是财不散。不就是八百块钱吗？看开一点。破财免灾，只当生了一场夹气伤寒。"

八千岁心里想：不是八百，是九百！不过回头想想，毕竟少花了一百，又觉得有些欣慰，好像他凭空捡到一百块钱似的。

八舅太爷敲了八千岁一杠子，是有精神上和物质上两方面理由的。精神上，他说："我平生最恨俭省的人，这种人都该杀！"物质上，他已经接到命令，要调防，和另外一位舅太爷换换地方，他要"别姬"了，需要用一笔钱。这八百块钱，六百要给虞小兰买一件西狐肷的斗篷，好让她冬天穿了在宜园梅岭踏雪赏梅；二百，他要办一桌满汉全席，在水榭即荷花亭子里吃它一整天，上午十点钟开席，一直吃到半夜！

八舅太爷要办满汉全席的消息传遍全城，大家都很感兴趣，因为这是多年没有的事了。八千岁证实这消息可靠，因为办席的就是他的紧邻赵厨房。赵厨房到他的米店买糯米，他知道这是做火腿烧麦馅子用的；还买香粳米，这他就不解了。问赵厨房："这满汉全席还上稀粥？"赵厨房说："满汉全席实际上满点汉菜，除了烧烤，有好几道满州饽饽，还要上几道粥，旗人讲究喝粥，莲子粥、苡米粥、芸豆粥……""有多少道菜？"——"可多可少，八舅太爷这回是一百二十

道。"——"啊？！"——"你没事过来瞧瞧。"

八千岁真还过去看了看：烧乳猪、叉子烤鸭、八宝鱼翅、鸽蛋燕窝……赵厨房说："买不到鸽子蛋，就这几个，太少了！"八千岁说："你要鸽子蛋，我那里有！"八千岁真是开了眼了，一面看，一面又掉了几滴泪，他想：这是吃我哪！

八千岁用一盆水把"食为民天"旁边的"概不做保"的字条闷了闷，刮下来。他这回是别人保出来的，以后再拒绝给别人做保，这说不过去。刮掉了，觉得还留着一条"僧道无缘"也没多少意思，而且单独一条，也不好看，就把"僧道无缘"也刮掉了。

八千岁做了一身阴丹士林的长袍，长短与常人等，把他的老蓝布二马裾换了下来。他的儿子也一同换了装。

吃晚茶的时候，儿子又给他拿了两个草炉烧饼来，八千岁把烧饼往账桌上一拍，大声说：

"给我去叫一碗三鲜面！"

婚
嫁

翠　子

　　夜，像是蜷藏在墙角的青苔深处，这时偷偷地溜了出来，占据了空空的庭院。天上黑郁郁的，星一个一个地挂起来，乍起的风摇动园里的竹叶，这里那里沙沙地响。

　　家里只有我和大丫头翠子，在屋中玩着，等待父亲回家。

　　翠子扬起头，凝望着远远的天边，抱在膝上的两手渐渐松了下来。

　　"又来了！看你那呆样子。翠子，你跟我说个故事好不好？要拣顶顶美丽的。可是你不要再说磨子星和灯草星子，今儿晚上天河里没有多大的风，雾倒挺不少，你看哩，白蒙蒙的，甚么也看不出。我怕他们星子也都会迷了路。"

　　像是没有听见似的，她的眼睛还是睁得那么大，但是我自己听得很清楚，连掠过檐前的蝙蝠一定已都偷听了一两句

去了，在她的眼睛里，我看出我有点生气，默默地，我盯着廊下两个淡淡的影子，心里想：不理我，好！看我的比你的也短不了多少。

终于，她跟我讲和了。站起身来，伸手理一理被调皮的风披下来的几丝头发，（用黑夜纺织成的头发！）她说：

"不早了，我给你弄晚饭去。爷大概不会回来吃了。"

爷？又不是你的爷，为甚么你也这么叫呢？不害羞！叫人家的爷做爷。我心里笑过多少次了，不过我也没有说甚么，转进堂屋里去了。堂屋好像比那天都空洞，壁虎在板壁上水渍处慢慢地爬过，但我一点儿都不怕。母亲的棺柩停在这儿时，我还一个人守着一盏长明照路灯（怕被老鼠们喝

干了，让妈在黑地里摸索），现在更不怕了；只是桌底下的大黑猫，咕噜咕噜地"念佛"叫人听得真不好受。我连声地喝"去！去！"它像聋了个耳朵，睬也不睬。想叫声翠子，听厨房里铲子正响得紧，大概加点火，马上就要来了，便想起翠子来的时候黑黑的样子，还穿上双鲤鱼脸的花鞋，带个大红"舌头"，怯生生的，"锅边秀！"于是跟自己笑起来。

吃饭时，我一手拿着筷子，一手拿根纸捻，蘸点儿水，又在灯盏里滚一滚，就火头上毕毕剥剥地烧起来，非常好玩。

"看油点子溅到眼里去，怎么这么皮！"

"哟，真真像个妈？"我想着，小猫儿似的咕咕地笑着。

"爷一早就出去了，这会还不回来，老不肯待在家里，把我一个人撇下！"

其实我知道，爷疼一晚上比别人疼我一天都强。而且有翠子伴着我也并不寂寞，但是我仍巫巫盼他回来。晚上的风专门往人颈子里钻，邻居王家的那条大花狗，一听到脚步声音就向黑中狂叫，爷难道不怕狗？不怕我因为担心他怕狗而怕狗？

我嘟起了嘴。

"……大白天爷一定又是到你娘的坟上去了。你这个人！看每天衣上都沾了些泥斑，早上的露水多重！"

对了。父亲每晚回来都带着一支白色的花，这花城里是没有的。人家说是鬼种出来的。母亲的墓园里满开的全是这种花，听爷说过，"这坟地是你娘生前亲自看定的"。风水先生都说这不是吉地，但父亲可坚持要葬在这儿。只是这花是经不起霜打的，白菜渐渐甜了起来，怕这花也没多少日子好活了。我希望明天要父亲带我去看看，花叶的尖尖有没有发红，要是红了，那就快了。

等花都完全憔悴死了，只挂上一些干叶子在风里摇，狗尾草也在风里摇，看父亲还再天天到坟上去不去？

格格，一只褪了绿色的小蚂蚱，振翅向灯焰飞来，翠子一挥手把它赶去了。翠子嘴里咕咕着："你为甚么不在青草窠里玩着，却迷在这亮亮的一团火里？"

大家都不说话，风掀起壁上的条幅，划划地响。我想起父亲近来画也不画，字也不写，连话也不多说，便问翠子：

"爷近来是不是又老了些？下巴的须子长得那么长，刺在人脸上，痒痒的，嗯。怎么回事？想娘，娘不想他也不再想我，睡在地下安安静静。甚么也不想。"

"你爹……哦，你明儿早上醒来，叫他莫出去。明儿是他的生日，今年是三十了吧。……快吃，看菜都冷了！"

咦！我不是吃完了吗？她一定又想着甚么了。连我放下筷子都不晓得，痴痴的真好玩。今晚上我还要告诉父亲，翠子这两天像丢了魂。她的魂生了翅膀，把翅膀一举，就被风吹到远远的地方去。是一阵甚么风？我不知道，翠子也不知道。

翠子收了碗，把折好的爷的衣裳压在衣砖底下，便做起针线来。我倚在她身上，随着她胸前的起伏，我轻轻地唱：

"小白菜呀

点点黄啊，

小小年纪

没了亲娘。

……

……"

"翠子，底下是甚么的？"

"——听，叫门，你爹回来了？"

翠子打了风雨灯，走到黑黑的过道里，我站在可以看到大门的地方等着，看烛火一步步地近了，却是父亲提着的。翠子静静地跟在后面。

父亲一把抱起了我，在颊上亲了我一下，问我为甚么还不睡。

"等你！你不疼我，只疼别人家的孩子！"

父亲轻轻叹了一声，进到房间里去了。一进房门，便听见屋角矿、矿的声音，他问我：

"五更鸡上煮的甚么？"

"莲子。翠子在柜子里找出来的，说上好的建莲，再不吃要坏了。天也冷了，爷该吃点滋润清补东西，所以煨了它，让我关照爹，糖在条几上玻璃缸里。"

"哦，——家里，几时还有莲子？"

"谁知道几时的……"

"二宝，你睡吧！"

"你呢？"

"我也就要睡了。我很累。"

"我这么大了，自己还不会脱衣裳么？不要你，不要你！"当父亲要替我解纽子时，我连忙闪开。脱了衣裳，"进窝了，进窝了，进窝啰"，便往被窝里一钻。被盖是翠子新浆洗的，非常暖和，有一点太阳气味，一点米浆气味，和一点（极少一点点）香粉味。

爷只吃几颗莲子，其余的都给我吃了。他叫我不用起来，拿小银匙子一颗颗地喂我。我一边吃，一边看着他的瘦脸：黑了，更瘦了，头发长得那么长，下巴全是青的，这么大的人了，自己不晓得打扮，还要人来照应，呕……

我想起一件事，赶忙告诉爷：

"高家伯伯今儿来过了，饭前，一个人坐在客房里等了你老半天，跟我谈了很多话：问我想不想妈？要是想，教爷替你再娶个妈。又把你那支挂着的笛子拿下来吹了半天，他说吹的叫甚么《汉宫秋》。爹爹，——你吹得好还是他好？后来翠子给他送上茶，他便不吹了，一个人走来走去地笑笑，还拿纸写了些甚么教我拿给你看，字那么草，它认识我，我可一个也不识得它。"

父亲看看那张字条，哈哈地笑起来。笑些甚么呢？还那么大的声音。

父亲随后也脱了衣裳睡下，点起一支烟，烟一丝丝地卷起来，满帐子里都是烟雾。

"二宝，你今儿晚上吃的甚么菜？"

"青菜虾圆汤。"

"可好吃？"

"好吃，好吃，虾子又新鲜。买来时还活蹦乱跳，青菜是到园上现挑的，在薛大娘园上挑的。翠子说，这样有起水鲜。——嗳，爹可晓得薛大娘？翠子新认了她做干妈。今儿大清早，我跟翠子上那儿去，草上露水还没有干，她把鞋都湿透了。我没有，我走道儿挺小心。到那儿薛大娘的儿子大

驹子正在浇水，看见我们来了，便笑吟吟地把剩下的半桶水
往埂上一搁，替我们下园挑菜去。翠子坐在埂上跟他谈话。
薛大娘给了我两个新摘的沙胡桃，我便一个人去找蟋蟀儿
去，我蹑着脚走了半天，连个油胡芦的叫声都没听见，才过
了白露啊，难道它们就哑了翅子，不好意思再大胆地"呼雌"
了？爹，你不是告诉过我，蟋蟀儿的叫是呼雌的？找不到，
我便掐了几片芦叶，编成个小船，把她们一只只地送到河中
流水里，看哪个流得最远。呜，一阵风把我的船全翻了，河
下已经有人淘中饭米，我想已经来了老半天了，便回到园上
找翠子去。

　　"我一去，他们都没看见，翠子还那么坐着，睁着大眼
睛望着天，天上不见雁鹅：喏，就像我这样子。大驹子呢，
站着旁边，看定翠子的脸。菜篮子里只有两棵。我一叫翠子，
他们都不看了，一块儿下园挑菜，大驹子还替我们下河把菜
洗得干干净净。

　　"喂，爹，你说翠子为甚么老呆呆的，望着天，天上有
甚么？人家说，天上有时会开天门，心里想甚么，天门里就
有甚么！可是这要有福气的人才看得见。翠子是不是个有福
气的人？你说。看天门开要在七月初七的晚上，早过了时！
翠子一发呆，便不爱说话，不跟我说故事，也不教我唱'白

果树，开白花，南面来了个小亲家'了，也不爱跟我来'板凳板凳歪歪，菊花菊花开开'了。我想哭，又怕她笑我。爷，你说说她，要她同我玩玩，不许发呆。"

嗯，父亲不知为甚么，这时不理我了，也呆呆的，好像从帐顶可以透过屋顶，看到翠子白天发呆的那个。怎么回事？

"喉，爹，你怎么的？看落了一枕的烟灰，你快睡在灰里了，翠子今天洗枕头时说你烧了那么大一个焦洞，赶明儿甚么烧了也不知道。"

父亲对我笑了笑，把灰拍去了些。

"翠子真好，又好看，又待我好，跟妈一样。爹，我们再也不要让她走，教她永远在我们家里！"

"……十九岁了；……明年四月……一个跛子男人……哦，二宝，让她回到自己的家里去吧，她妈就要来带她了，这件事，我不能管！"

爷又叼上一支烟，划了一根火柴，半天都不去点。等火柴把指头灼痛了，才把火柴扔了。我真不明白，为甚么父亲的魂也生了翅膀，向虚空飞。便记得要跟他说，先前翠子提起的话。

"爹，你是不是三十岁了？翠子让你明儿别出去，为你

做生日，她办菜！"

"三十了？三十了！为甚么是三十呢？管翠子甚么事？你也不用管，我不做生日了的。二宝你睡吧，明儿要早点起来，跟我到你妈坟上去拜坟。你记不记得，明儿是你妈的忌辰。我要翠子回家，她长大了，留不住。"

为甚么要让翠子走呢？我觉得鼻子很酸，忍受不住，我哭了。

父亲把我抱在怀中，脸贴着我的脸："睡罢，半夜了你听豺狗叫。……"

灯油尽了，火头跳动了几下，熄了。满屋漆黑，柝声敲过三更了。我不知道父亲甚么时候方睡。我醒来时，父亲已起了床出院中做深呼吸去了。翠子站在我床边，眼睛红红的。

十一月一、二日，联大。

晚饭花

　　晚饭花就是野茉莉。因为是在黄昏时开花，晚饭前后开得最为闹哄，故又名晚饭花。

　　野茉莉，处处有之，极易繁衍。高二三尺，枝叶披纷，肥者可荫五六尺。花如茉莉而长大，其色多种易变。子如豆，深黑有细纹。中有瓤，白色，可作粉，故又名粉豆花。曝干作蔬，与马兰头相类。根大者如拳、黑硬，俚医以治吐血。

　　　　　　　　——吴其濬:《植物名实图考》

珠子灯

　　这里的风俗，有钱人家的小姐出嫁的第二年，娘家要送灯。送灯的用意是祈求多子。元宵节前几天，街上常常可以看到送灯的队伍。几个女用人，穿了干净的衣服，头梳得光光的，戴着双喜字大红绒花，一人手里提着一盏灯；前面有几个吹鼓手吹着细乐。远远听到送灯的箫笛，很多人家的门就开了。姑娘、媳妇走出来，倚门而看，且指指点点，悄悄评论。这也是一年的元宵节景。

　　一堂灯一般是六盏。四盏较小，大都是染成红色或白色而画了红花的羊角琉璃泡子。一盏是麒麟送子：一个染色的琉璃角片扎成的娃娃骑在一匹麒麟上。还有一盏是珠子灯：绿色的玻璃珠子穿扎成的很大的宫灯。灯体是八扇玻璃，漆着红色的各体寿字，其余部分都是珠子，顶盖上伸出八个珠子的凤头，凤嘴里衔着珠子的小幡，下缀珠子的流苏。这盏灯分量相当的重，送来的时候，得两个人用一根小扁担抬着。这是一盏主灯，挂在房间的正中。旁边是麒麟送子，玻璃泡子挂在四角。

　　到了"灯节"的晚上，这些灯里就插了红蜡烛，点亮了。

从十三"上灯"到十八"落灯"，接连点几个晚上。平常这些灯是不点的。

屋里点了灯，气氛就很不一样了。这些灯都不怎么亮（点灯的目的原不是为了照明），但很柔和。尤其是那盏珠子灯，洒下一片淡绿的光。绿光中珠幡的影子轻轻地摇曳，如梦如水，显得异常安静。元宵的灯光扩散着吉祥、幸福和朦胧暧昧的希望。

孙家的大小姐孙淑芸嫁给了王家的二少爷王常生。她屋里就挂了这样六盏灯。不过这六盏灯只点过一次。

王常生在南京读书，秘密地加入了革命党，思想很新。订婚以后，他请媒人捎话过去：请孙小姐把脚放了。孙小姐的脚当真放得很好，看起来就不像裹过的。

孙小姐是个才女。孙家对女儿的教育很特别，教女儿读诗词。除了《长恨歌》《琵琶行》，孙小姐能背全本《西厢记》。嫁过来以后，她也看王常生带回来的黄遵宪的《日本国志》和林译小说①《迦茵小传》《茶花女遗事》……

两口子琴瑟和谐，感情很好。

不料王常生在南京得了重病，抬回来不到半个月，就

---

① 林译小说指我国翻译家林纾翻译的西洋小说。

死了。

王常生临死对夫人留下遗言："不要守节"。

但是说了也无用。孙王二家都是书香门第，从无再婚之女。改嫁，这种念头就不曾在孙小姐的思想里出现过。这是绝不可能的事。

从此，孙小姐就一个人过日子。这六盏灯也再没有点过了。

她变得有点古怪了，她屋里的东西都不许人动。王常生活着的时候是什么样子，永远是什么样子，不许挪动一点。王常生用过的手表、座钟、文具，还有他养的一盆雨花石，都放在原来的位置。孙小姐原是个爱洁成癖的人，屋里的桌子椅子、茶壶茶杯，每天都要用清水洗三遍。自从王常生死后，除了过年之前，她亲自监督着一个从娘家陪嫁过来的女用人大洗一天之外，平常不许擦拭。里屋炕几上有一套茶具：一个白瓷的茶盘，一把茶壶，四个茶杯。茶杯倒扣着，上面落了细细的尘土。茶壶是荸荠形的扁圆的，茶壶的鼓肚子下面落不着尘土，茶盘里就清清楚楚留下一个干净的圆印子。

她病了，说不清是什么病。除了逢年过节起来几天，其余的时间都在床上躺着，整天地躺着。除了那个女用人，没有人上她屋里去。

　　她就这么躺着，也不看书，也很少说话，屋里一点声音没有。她躺着，听着天上的风筝响，斑鸠在远远的树上叫着双声，"鹁鸪鸪——咕，鹁鸪鸪——咕"，听着麻雀在檐前打闹，听着一个大蜻蜓振动着透明的翅膀，听着老鼠咬啮着木器，还不时听到一串滴滴答答的声音，那是珠子灯的某一处流苏散了线，珠子落在地上了。

　　女用人在扫地时，常常扫到一二十颗散碎的珠子。

　　她这样躺了十年。

　　她死了。

　　她的房门锁了起来。

　　从锁着的房间里，时常还听见散线的玻璃珠子滴滴答答落在地板上的声音。

晚饭花

　　李小龙的家在李家巷。

　　这是一条南北向的巷子，相当宽，可以并排走两辆黄包车。但是不长，巷子里只有几户人家。

　　西边的北口一家姓陈。这家好像特别的潮湿，门口总飘

出一股湿布的气味，人的身上也带着这种气味。他家有好几棵大石榴，比房檐还高，开花的时候，一院子都是红通通的。结的石榴很大，垂在树枝上，一直到过年下雪时才剪下来。

陈家往南，直到巷子的南口，都是李家的房子。

东边，靠北是一个油坊的堆栈，粉白的照壁上黑漆八个大字："双窨香油，照庄发客"。

靠南一家姓夏。这家进门就是锅灶，往里是一个不小的院子。这家特别重视过中秋。每年的中秋节，附近的孩子就上他们家去玩，去看院子里还在开着的荷花，几盆大桂花，缸里养的

鱼；看他家在院子里摆好了的矮脚的方桌，放了毛豆、芋头、月饼、酒壶，准备一家赏月。

在油坊堆栈和夏家之间，是王玉英的家。

王家人很少，一共三口。王玉英的父亲在县政府当录事，每天一早便提着一个蓝布笔袋，一个铜墨盒去上班。王玉英的弟弟上小学。王玉英整天一个人在家。她老是在她家的门道里做针线。

王玉英家进门有一个狭长的门道。三面是墙：一面是油坊堆栈的墙，一面是夏家的墙，一面是她家房子的山墙。南墙尽头有一个小房门，里面才是她家的房屋。从外面是看不见她家的房屋的。这是一个长方形的天井，一年四季，照不进太阳。夏天很凉快，上面是高高的蓝天，正面的山墙脚下密密地长了一排晚饭花。王玉英就坐在这个狭长的天井里，坐在晚饭花前面做针线。

李小龙每天放学，都经过王玉英家的门外。他都看见王玉英（他看了陈家的石榴，又看了"双窨香油，照庄发客"，还会看看夏家的花木）。晚饭花开得很旺盛，它们使劲地往外开，发疯一样，喊叫着，把自己开在傍晚的空气里。浓绿的，多得不得了的绿叶子；殷红的，胭脂一样的，多得不得了的红花；非常热闹，但又很凄清。没有一点声音，在浓绿浓绿

的叶子和乱乱纷纷的红花之前，坐着一个王玉英。

这是李小龙的黄昏。要是没有王玉英，黄昏就不成其为黄昏了。

李小龙很喜欢看王玉英，因为王玉英好看。王玉英长得很黑，但是两只眼睛很亮，牙很白。王玉英有一个很好看的身子。

红花、绿叶、黑黑的脸、明亮的眼睛、白的牙，这是李小龙天天看的一张画。

王玉英一边做针线，一边等着她的父亲。她已经焖好饭了，等父亲一进门就好炒菜。

王玉英已经许了人家。她的未婚夫是钱老五。大家都叫他钱老五。不叫他的名字，而叫钱老五，有轻视之意。老人们说他"不学好"。人很聪明，会画两笔画，也能刻刻图章，但做事没有长性。教两天小学，又到报馆里当两天记者。他手头并不宽裕，却打扮得像个阔少爷，穿着细毛料子的衣裳，梳着油光光的分头，还戴了一副金丝眼镜。他交了许多"三朋四友"，风流浪荡，不务正业。都传说他和一个寡妇相好，有时就住在那个寡妇家里，还花寡妇的钱。

这些事也传到了王玉英的耳朵里，连李小龙也都听说了嘛，王玉英还能不知道？不过王玉英倒不怎么难过。她有点半信半疑。而且她相信她嫁过去，他就会改好的。她看见过钱老五，她很喜欢他的人才。

钱老五不跟他的哥哥住。他有一所小房，在臭河边。他成天不在家，门老是锁着。

李小龙知道钱老五在哪里住。他放学每天经过。他有时扒在门缝上往里看：里面有三间房，一个小院子，有几棵树。

王玉英也知道钱老五的住处。她路过时，看看两边没有人，也曾经扒在门缝上往里看过。

有一天，一顶花轿把王玉英抬走了。

从此，这条巷子里就看不见王玉英了。

晚饭花还在开着。

李小龙放学回家，路过臭河边，看见王玉英在钱老五家门前的河边淘米。只看见一个背影。她头上戴着红花。

李小龙觉得王玉英不该出嫁，不该嫁给钱老五。他很气愤。

这世界上再也没有原来的王玉英了。

三姊妹出嫁

秦老吉是个挑担子卖馄饨的。他的馄饨担子是全城独一份，他的馄饨也是全城独一份。

这副担子非常特别。一头是一个木柜，上面有七八个扁扁的抽屉；一头是安放在木柜里的烧松柴的小缸灶，上面支一口紫铜浅锅。铜锅分两格，一格是骨头汤，一格是下馄饨的清水。扁担不是套在两头的柜子上，而是打的时候就安在柜子上，和两个柜子成一体。扁担不是直的，是弯的，像一个罗锅桥。这副担子是楠木的，雕着花，细巧玲珑，很好看。这好像是《东京梦华录》时期的东西，李嵩笔下画出来的玩意儿。秦老吉老远地来了，他挑的不像是馄饨担子，倒好像挑着一件什么文物。这副担子不知道传了多少代了，因为材料结实，做工精细，到现在还很完好。

别人卖的馄饨只有一种，葱花水打猪肉馅。他的馄饨除了猪肉馅的，还有鸡肉馅的、螃蟹馅的，最讲究的是荠菜冬笋肉末馅的，——这种肉馅不是用刀刃而是用刀背剁的！作料也特别齐全，除了酱油、醋，还有花椒油、辣椒油、虾皮、紫菜、葱末、蒜泥、韭花、芹菜和本地人一般不吃的芫荽。

馄饨分别放在几个抽屉里，作料敞放在外面，任凭顾客各按口味调配。

他的器皿用具也特别精洁——他有一个拌馅用的深口大盘，是雍正青花！

笃——笃笃，秦老吉敲着竹梆，走来了。找一个柳荫，把担子歇下，竹梆敲出一串花点，立刻就围满了人。

秦老吉就用这副担子，把三个女儿养大了。

秦老吉的老婆死得早，给他留下三个女儿。大凤、二凤和小凤。三个女儿，一个比一个小一岁，梯子蹬似的。三个丫头一个模样，像一个模子脱出来的。三个姑娘，像三张画。有人跟秦老吉说："应该叫你老婆再生一个的，好凑成一套四扇屏儿！"

姊妹三个，从小没娘，彼此提挈，感情很好。一家人都很勤快。一进门，清清爽爽，干净得像明矾澄过的清水。谁家娶了邋遢婆娘，丈夫气急了，就说："你到秦老吉家看看去！"三姊妹各有所长，分工负责。大裁大剪，单夹皮棉——秦老吉冬天穿一件山羊皮的背心，是大姐的；锅前灶后，热水烧汤，是二姐的；小妹妹小，又娇，两个姐姐惯着她，不叫她做重活，她就成天地挑花绣朵。她把两个姐姐绣得全身都是花。围裙上、鞋尖上、手帕上、包头布上，都是

花。这些花里有一样必不可少的东西，是凤。

姊妹三个都大了。一个十八，一个十七，一个十六。该嫁了。这三只凤要飞到哪棵梧桐树上去呢？

三姊妹都有了人家了。大姐许了一个皮匠，二姐许了一个剃头的，小妹许的是一个卖糖的。

皮匠的脸上有几颗麻子，一街人都叫他麻皮匠。他在东街的"乾陞和"茶食店廊檐下摆一副皮匠担子。"乾陞和"的门面很宽大，除了一个柜台，两边竖着的两块碎白石底子堆刻黑漆大字的木牌——一块写着"应时糕点"，一块写着"满汉饽饽"。这之外，没有什么东西，放一副皮匠担子一点不碍事。麻皮匠每天一早，"乾陞和"才开了门，就拿起一把长柄的笤帚把店堂打扫干净，然后就在"满汉饽饽"下面支起担子，开始绱鞋。他是个手脚很快的人。走起路来腿快，绱起鞋来手快。只见他把锥子在头发里"光"两下，一锥子扎过鞋帮鞋底，两根用猪鬃引着的蜡线对穿过去，噌——噌，两把就绱了一针。流利合拍，均匀紧凑。他绱鞋的时候，常有人歪着头看。绱鞋，本来没有看头，但是麻皮匠绱鞋就能吸引人。大概什么事做得很精熟，就很美了。因为手快，麻皮匠一天能比别的皮匠多绱好几双鞋。不但快，绱得也好。针脚细密，楦得也到家，穿在脚上，不易走样。因此，他生意很好。也因此，落下"麻皮匠"这样一个称号。人家做好了鞋，叫用人或孩子送去绱，总要叮嘱一句："送到麻皮匠那里去。"这街上还有几个别的皮匠。怕送错了。他脸上的那几颗麻子就成了他的标志。他姓什么呢？好像是姓马。

二姑娘的婆家姓时。老公公名叫时福海。他开了一爿剃头店，字号也就是"时福海记"。剃头的本属于"下九流"，他的店铺每年贴的春联都是："头等事业，顶上生涯"。自从清朝推翻，建立民国，人们剪了辫子，他的店铺主要是剃光头，以"水热刀快"为号召。时福海像所有的老剃头待诏一样，还擅长向阳取耳（掏耳朵），捶背拿筋。剃完头，用两只拳头给顾客哔哔剥剥地捶背（捶出各种节奏和清浊阴阳的脆响），噔噔地揪肩胛后的"懒筋"——捶、揪之后，真是"浑身通泰"。他还专会治"落枕"。睡落了枕，歪着脖子走进去，时福海把你的脑袋搁在他弓起的大腿上，两手扶着下腭，轻试两下，"咔叭"——就扳正了！老年间，剃头匠是半个跌打医生。

这地方不知怎么会有这么一个传统，剃头的多半也是吹鼓手（不是所有的剃头匠都是吹鼓手，也不是所有的吹鼓手都是剃头匠）。时福海就也是一个吹鼓手。他吹唢呐，两腮鼓起两个圆圆的鼓包，憋得满脸通红。他还会"进曲"。好像一

城的吹鼓手里只有他会，或只有他擅长于这个玩意儿。人家办丧事，"六七"开吊，在"初献""亚献"之后，有"进曲"这个项目。赞礼的礼生喝道"进——曲！"时福海就拿了一面荸荠鼓，由两个鼓手双笛伴奏，唱一段曲子。曲词比昆曲还要古，内容是"神仙道化"，感叹人生无常，有《薤露》《蒿里》遗意，很可能是元代的散曲。时福海自己也不知道唱的是什么，但还是唱得感慨唏嘘，自己心里都酸溜溜的。

时代变迁，时福海的这一套有点吃不开了。剃光头的人少了，"水热刀快"不那么有号召力了。卫生部门天天宣传挖鼻孔、挖耳朵不卫生。懂得享受捶背揪懒筋的乐趣的人也不多了。时福海忽然变成一个举动迟钝的老头。

时福海有两个儿子。下等人不避父讳，大儿子叫大福子，小儿子叫小福子。

大福子很能赶潮流。他把逐渐暗淡下去的"时福海记"重新装修了一下，门窗柱壁，油漆一新，全都是奶油色，添了三面四尺高、二尺宽的大玻璃镜子。三面大镜之间挂了两个狭长的镜框，里面嵌了磁青砑银的蜡笺对联，请一个擅长书法的医生汪厚基浓墨写了一副对子：

不教白发催人老

更喜春风满面生

　　他还置办了"夜巴黎"的香水，"司丹康"的发蜡。顶棚上安了一面白布制成的"风扇"，有滑车牵引，叫小福子坐着，一下一下地拉"风扇"的绳子，使理发的人觉得"清风徐来"，十分爽快。这样，"时福海记"就又兴旺起来了。

　　大福子也学了吹鼓手。笙箫管笛，无不精通。

　　这地方不知怎么会流传"倒扳桨""跌断桥""剪靛花"之类的《霓裳续谱》《白雪遗音》时期的小曲。平常人不唱，唱的多是理发的、搓澡的、修脚的、裁缝、做豆腐的年轻子弟。他们晚上常常聚在"时福海记"唱，大福子弹琵琶。"时福海记"外面站了好些人在听。

　　二凤要嫁的就是大福子。

　　三姑娘许的这家苦一点，姓吴，小人叫吴顺福，是个遗腹子。家里只有两个人，一个老母亲，是个跛脚，走起路来一跛一跛的。母子二人，相依为命。妈妈很慈祥，儿子很孝顺。吴顺福是个很聪明的人，十五岁上就开始卖糖。卖糖和卖糖可不一样。他卖的不是普通的芝麻糖、花生糖，他卖的是"样糖"。他跟一个师叔学会了一宗手艺：能把白糖化了，倒在模子里，做成大小不等的福禄寿三星、财神爷、麒麟送

子。高的二尺，矮的五寸，衣纹生动，须眉清楚；还能把糖里加了色，不用模子，随手吹出各种瓜果，桃、梨、苹果、佛手，跟真的一样，最好看的是南瓜：金黄的瓜，碧绿的蒂子，还开着一朵淡黄的瓜花。这种糖，人家买去，都是当摆设，不吃。——吃起来有什么意思呢，还不是都是糖的甜味！卖得最多的是糖兔子。白糖加麦芽糖熬了，切成梭子形的一块一块，两头用剪刀剪开，一头窝进腹下，是脚；一头便是耳朵。耳朵下捏一下，便是兔子脸，两边嵌进两粒马料豆，一个兔子就成了！马料豆有绿豆大，一头是通红的，一头是漆黑的。这种豆药店里卖，平常配药很少用它，好像是天生就为了做糖兔的眼睛用的！这种糖兔子很便宜，一般的孩子都买得起。也吃了，也玩了。

师叔死后，这门手艺成了绝活儿，全城只有吴顺福一个人会，因此，他的生意是不错的。

他做的这些艺术品都放在擦得晶亮的玻璃橱子里，在肩上挑着。他的糖担子好像一个小型的展览会，歇在哪里，都有人看。

麻皮匠、大福子、吴顺福，都住得离秦老吉家不远。大姑娘、二姑娘、三姑娘几乎每天都能看到她们的女婿。姐儿仨有时在一起互相嘲戏。三姑娘小凤是个镶嘴子，咭咭呱呱，对大姐姐说：

"十个麻子九个俏，不是麻子没人要！"

大姐啐了她一口。

她又对二姐姐说：

"姑娘姑娘真不丑，一嫁嫁个吹鼓手。吃冷饭，喝冷酒，坐人家大门口！"

二姐也啐了她一口。

两个姐姐容不得小凤如此放肆，就一齐反唇相讥：

"敲锣卖糖，各干各行！"

小妹妹不干了，用拳头捶两个姐姐：

"卖糖怎么啦！卖糖怎么啦！"

秦老吉正在外面拌馅儿，听见女儿打闹，就厉声训斥道：

"靠本事吃饭，比谁也不低。麻油拌芥菜，各有心中爱，谁也不许笑话谁！"

三姊妹听了，都吐了舌头。

姐儿仨同一天出门子，都是腊月二十三。一顶花桥接连送了三个人。时辰倒是错开了。头一个是小凤，日落西时。第二个是大凤，戌时。最后才是二凤。因为大福子要吹唢呐送小姨子，又要吹唢呐送大姨子。轮到他拜堂时已是亥时。给他吹唢呐的是他的爸爸时福海。时福海吹了一气，又坐到

喜堂去受礼。

三天回门。三个姑爷，三个女儿都到了。秦老吉办了一桌酒，除了鸡鸭鱼肉，他特意包了加料三鲜馅的绉纱馄饨，让姑爷尝尝他的手艺。鲜美清香，自不必说。

三个女儿的婆家，都住得不远，两三步就能回来看看父亲。炊煮扫除，浆洗缝补，一如往日。有点小灾小病，头疼脑热，三个女儿抢着来伺候，比没出门时还殷勤。秦老吉心满意足，毫无遗憾。他只是有点发愁：他一朝撒手，谁来传下他的这副馄饨担子呢？

笃——笃笃，秦老吉还是挑着担子卖馄饨。

真格的，谁来继承他的这副古典的，南宋时期的，楠木的馄饨担子呢？

一九八一年九月十日